아하

아하

초판 발행 | 2020년 11월 25일

지은이 | 박기옥
펴낸이 | 신중현
펴낸곳 | 도서출판 학이사
　　　　출판등록 : 제25100-2005-28호
　　　　주소 : 대구광역시 달서구 문화회관11안길 22-1(장동)
　　　　전화 : (053) 554~3431, 3432
　　　　팩스 : (053) 554-3433
　　　　홈페이지 : http : // www.학이사.kr
　　　　이메일 : hes3431@naver.com

ⓒ 2020, 박기옥

ISBN _ 979-11-5854-274-0 03810

이 도서의 국립중앙도서관 출판예정도서목록(CIP)은 서지정보유통지원시
스템 홈페이지와 국가자료공동목록시스템(http://www.nl.go.kr/kolisnet)에
서 이용하실 수 있습니다.(CIP제어번호: CIP2020049146)

아하

小珍 박기옥 테마 수필집

學而思 학이사

책 머리에

다시 수필 몇 편을 묶는다.

정신분석과의 접목이다.

나의 수필이 프로이트를 만난 것은 행운이다.

오랜 시간 낯설어하면서, 힘들어하면서,

가까이도 못 가고 머뭇머뭇 주변을 맴돌았다.

너무 높고 놀라웠고 지금도 여전히 까마득하지만,

저질러 보기로 했다.

작업하는 내내 몹시 설레었다.

2020년 겨울

小珍 박기옥

5

차례

책 머리에 5

작품평설 / 경계 넘기, 무의식적 존재에 관한 코기토Cogito_한상렬 257

환幻

썸 13

얼어붙음 15

장미의 주술 18

비단 저고리 24

보이지 않아도 27

안약을 넣다가 30

그들만의 세상 32

삼겹살과 프로이트 35

나는 어디에 37

전시회에서 41

섬뜩 44

알 수 없는 일 48

착시錯視 50

오브제의 기억 54

첫사랑 59

네르하의 치마 64

욕망

밥 71

껌과 초콜릿 74

구석방 78

유채꽃 단상 83

갑을놀이 89

금金 93

착각 96

안과 밖 100

죽순竹筍 103

그대, 먼 별 108

봉선화 114

몸 119

두드리다 122

쉘 위 댄스 126

시간을 거슬러 130

콜럼버스의 달걀 134

상실

상실 141

낭만의 오해 143

꽃 진 자리 147

코로나와 매화 152

하필이면 156

아버지의 모자 160

그날 164

울음터 168

통속적인, 인간적인 172

애도哀悼 178

만남 183

가족사진 188

오래된 라디오 191

상사화相思花 195

심초석心礎石 199

카사블랑카 204

아하

펙트 체크 211

작심삼일 213

말 한 마디 216

죽을 죄 219

디 앤드The End 223

중국집에서 226

렛 잇 비Let it be 228

시간 값 230

개와 낭만 232

마이 웨이 237

세상 밖 240

눈眼과 기도 242

친정 245

선택 248

꼴찌의 변辯 251

아하 253

환幻

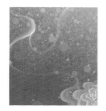

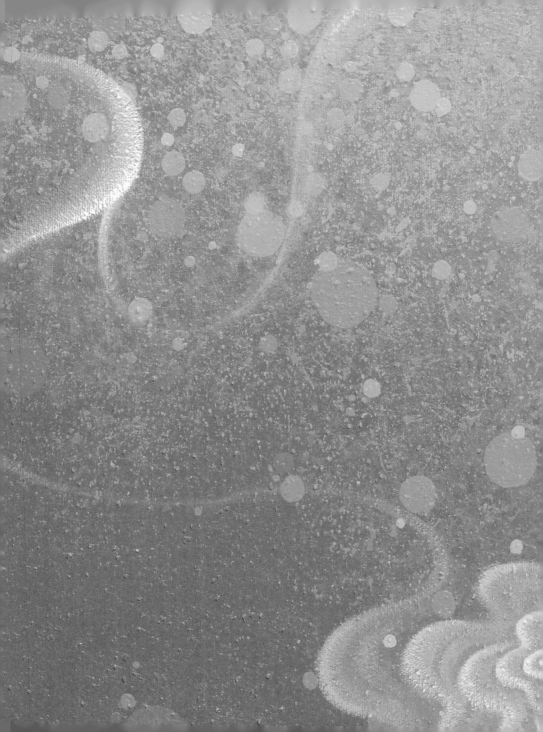

썸

썸은 영어의 썸싱something에서 나온 말이다. 남녀 간의 묘한 기류를 일컫는 말로 연인으로 이르기 전 '내 꺼인듯, 내꺼 아닌, 내꺼 같은 너'를 두고 '썸을 탄다'고 한다.

어느 시인이 말한, "내가 그의 이름을 불러주기 전에는 그는 다만 하나의 몸짓에 지나지 않았다. 내가 그의 이름을 불러 주었을 때 그는 나에게로 와서 꽃이 되었다"는 것과 같은 맥락이다.

썸은 누구의 입에서 태어났을까. 우리는 언제 썸을 타서 누군가에게 꽃이 될까.

남해의 아침 바다는 얌전했다. 지난 밤 문학 행사 후의 뒤풀이로 따끈한 커피 한 잔이 간절한 아침이었다. 주최 측이 준비한 믹스 커피는 있었으나 물을 끓일 주전자가 없었다. 남녀 회원들이 머리를 짜도 방법이 없어 서로의 얼굴만 쳐다보고 있었다.

샤워를 마친 J가 긴 머리를 털며 오더니 밥솥에 물을 붓고 전원을 넣었다. 놀라운 발상이었다. 순식간에 김이 오르며 물이 끓기 시작했다. 밥공기에 커피가루를 담고 국자로 물을 뜨니 훌륭한 커피가 완성되었다.

상남자 K가 숭늉을 마시듯 단숨에 들이켜더니 한 잔을 더 청했다. 지난 밤 토론회에서 J에게 언성을 높였던 일도 잊은 모양이었다. 남자끼리였다면 주먹이라도 날아갈 듯 험악한 분위기가 아니었던가.

J 역시 건망증이 있는 모양이었다. 천상 여자의 얼굴로 조신하게 커피를 따르니. K가 보기 좋게 그것을 마셨다.

남해의 아침은 동해와 달랐다. 꿈을 꾸듯 안으로 비밀을 삼키며 끝없이 망망대해로 펼쳐져 있었다. 여명이 수평선을 물들여 가는 것으로 보아 해가 곧 뜰 모양이었다.

우리는 일제히 산책을 위해 자리에서 일어났다. 떠오르는 해를 보며 바닷가를 한참이나 거닐다 보니 J와 K가 보이지 않았다. 테라스에 남아 둘이서만 해맞이를 하고 있는 모양이었다. 두 사람이 어젯밤의 미진한 토론을 다시 시작했는지, 서로의 꽃이 되기 위해 썸을 타는 중인지는 확인되지 않았다.

얼어붙음

길을 가다 걸음을 딱 멈춘 적이 있는가. 충격으로 온몸이 빙산처럼 얼어붙은 적이 있는가.

서부영화에서 경찰이 도둑을 쫓던 중 총을 겨누며 "Freeze!"라고 외치는 장면을 본 적이 있다. 그 자리에 얼어붙으라는 뜻이다. 도둑은 정말 화석처럼 그 자리에 굳어버리고 말았다. "Freeze!"는 강력한 힘으로 도둑의 머리카락 한 올까지도 지배했다.

초등학교 저학년 때 반에서 도난사건이 있었다. 담임선생님은 우리에게 눈을 감게 하고는 의심 가는 친구의 이름을 적어내라 하셨다. 범인이 나오지 않자 전원을 책상 위로 올라가 손을 들고 꿇어앉게 했다.

나는 너무 무서워 오줌을 지렸다. 밤에는 선생님이 늑대가 되어 나타났다. 비명조차 지를 수 없어 온몸이 그대로 얼어붙었다. 늑대는 오랫동안 나의 잠을 방해했다.

20대에는 큐피드Cupid의 화살이 나를 얼어붙게 했다. 큐피드는 사랑의 신이다. 내가 그와 함께 있는 틈을 타서 큐피드는 나와 그의 가슴 한편에 금촉 화살 한 방씩을 쏘았다. 우리는 그것을 운명으로 받아들였다.

그러나 어쩌면 우리의 큐피드는 명사수가 아니었을지도 모른다. 윌리엄 텔처럼 활시위를 힘껏 당겨 눈으로 뚫어지게 목표물을 응시한 다음 비로소 활시위를 놓은 것이 아니라 마음 내키는 대로 목표다 싶은 곳을 향해 대충 활을 쏜 것이 아닌가 싶은 의혹이 있다. 나와 함께 화살을 맞은 그가 홀연히 저 먼저 딴 세상으로 떠나버린 걸 보면 말이다.

만약에 서부영화의 그 도둑이 경찰이 아닌 큐피드의 화살에 맞았다면 어떻게 될까? 도둑의 가슴에 갑자기 사랑이 싹터 지나가던 여인 앞에 무릎을 꿇고 훔친 보석을 선물하게 될 것이다.

그러나 짓궂은 큐피드가 두 사람을 그대로 둘 리가 없다. 여인에게는 금빛화살(사랑)이 아닌 납빛화살(증오)을 쏠지도 모른다. 증오는 사랑의 다른 얼굴이다. 도둑은 자신의 불같은 사랑과 여인의 얼음처럼 차가운 증오심 때문에 괴로워하게 될 것이다.

'얼어붙음'은 아이들이 즐겨 부르는 동요에도 등장한다.

> 즐겁게 춤을 추다가
> 그대로 멈춰라

율동을 곁들인 이 동요의 포인트는 '멈춰라'이다. 아이들은 춤을 추다가 갑자기 나무처럼 부동자세를 유지한다. 총이 없어도 화살이 아니라도 아이들은 꼼짝 않는다. 바로 이 몰입의 순간이 어른이 되게 한다.

공포든 사랑이든 몰입은 아름답다. 언제 우리가 그토록 온전히 한순간에 자신을 쏟은 적이 있었던가? 몰입은 자신을 직시하게 하고 자아의 성숙을 유도한다. 생의 마디마디 얼어붙음의 순간이 우리를 황홀하게 한다.

장미의 주술

아침 신문을 보니 한 농업인이 여러 가지 색으로 변하는 장미 '매직로즈'를 개발하여 일본으로 수출하고 있다고 한다. 보라, 연두, 야광장미뿐 아니라 꽃잎마다 색이 다른 '레인보우 로즈' 까지 만든 모양이다.

일본에서는 이를 수입하여 게임으로 상품화했다. 입김으로 '후우' 불어 장미가 어떤 색으로 변하는지 알아맞히는 게임이다. 장미의 주술이다. 사랑의 속성에 민감한 젊은 연인들 사이에 특히 인기가 있다고 한다.

내 나이 스무 살 무렵, 내가 다니던 대학 캠퍼스에는 유난히 장미가 많았었다. 가톨릭의 교화敎花였던 탓이었던지 신부神父인

총장의 장미 사랑이 남달랐기 때문이다.

총장은 캠퍼스 곳곳에 수십 가지의 장미를 심었다. 5월이면 4
층 강의실까지 장미향기가 그윽하게 올라와 반짝이는 나뭇잎과
함께 나의 마음을 어지럽혔다. 어쩌다 강당 쪽에서 음악대학생
들의 오페라 아리아라도 섞이어 들려오면 마음은 창공을 날아
미지의 세계로 달음박질하는 것이었다.

어느 초여름 그와 함께 학교 강당에서 열리는 바이올린 독주
회에 갔을 때, 연주자는 장밋빛의 빨간 드레스를 입고 있었다.
새하얀 어깨가 환히 드러나는 옷이었다. 연주회가 끝나 밖으로
나왔을 때 교정 가득 풍겨 나오던 장미 향기, 멘델스존, 그리고
드레스.

그가 장미 한 다발을 안기고 청혼했을 때 나는 어찌할 바를 몰
랐다. 좋은 사람이었고 사랑했지만 결혼은 두려웠던 것이다. 하
고 싶은 일도 많은데 결혼이라니. 밥도 할 줄 모르고, 늦잠도 자
야 하는데.

나는 장미 다발을 가만히 그와 나 사이에 놓았다. 그러고는 꽃
에서 조금 떨어져 앉았다. 장미가 마치 우리를 갈라놓는 베를린
장벽이라도 되듯이. 그가 빙긋 웃으며 꽃을 다시 집었다. 나는
고개를 저으며 조금 더 떨어져 앉았다.

결국 내가 머뭇머뭇 장미를 다시 받아 들었을 때 나는 그것이

내가 선택한 내 생生의 '주술'인 것을 몰랐다. 영원을 약속했던 그가 어느 날 홀연히 세상을 떠나버린 것이다. 청혼할 땐 그 어떤 언질도 없더니.

시간이 약이라던가. 내가 장미의 주술에서 벗어나고 있을 때쯤, TV에서는 프랑스의 바가텔Bagatelle을 특집으로 보도했다. 바가텔은 불로뉴 숲에 있는 장미공원으로 지구상의 모든 종류의 장미가 한자리에 모여 그 자태를 뽐내고 있는 곳이다. 5월에는 세계의 멋쟁이들이 바가텔을 찾는다. 만개한 장미를 배경으로 유명 디자이너들의 패션쇼가 열리기 때문이다. 또한 그 패션쇼는 전 세계에 중계되어 그해의 패션 트렌드를 주도한다.

나는 꼭 한 번 바가텔에 가 보고 싶었다. 패션쇼야 나 같은 서민에게 어울리지 않는다 치고 수백 종류의 장미가 전시되고 있다는 바가텔에는 어쩐지 한 번 가 봐야 할 것 같았던 것이다. 아직도 장미의 주술이 풀리지 않았느냐고? 신부神父의 장미, 연주자의 장미, 그의 장미까지 다 있다지 않은가.

불로뉴 숲 입구에서 장미공원을 찾았을 때 나는 또다시 내가 주술에 걸려들었음을 알았다. 프랑스인이라면 어린아이라도 알고 있을 줄 알았던 장미공원이 사실은 두 얼굴을 가지고 있었던 것이다. 동행한 딸아이가 갈색머리의, 미니스커트를 입은 여자에게 장미공원을 묻자 반응은 뜻밖이었다.

"장미공원요? 그게 뭐죠?"

그 여자는 장미에 관심이 없는가 싶었다. 딸아이가 다시 물었다.

"오! 바가텔! 불로뉴 숲으로 들어가세요."

불로뉴 숲은 넓고도 넓었다. 845 헥타르. 루이 16세의 수렵장으로 쓰였다는 환상적인 넓이가 우리를 질리게 할 뿐 가도 가도 장미는 한 송이도 보이지 않았다. 우리는 다시 분수 앞에 서 있는 뚱뚱한 남자에게 다가갔다.

"장미라뇨, 마드모아젤? 여기는 불로뉴랍니다."

딸아이가 다시 물었다.

"오! 바가텔! 바가텔 말이군요. 곧장 가시면 됩니다."

우리는 다시 걷기 시작했다. 무려 한 시간을. 불로뉴에는 오직 장미만이 목적인 듯이.

숲속에 조그마한 건물이 하나 나타났다. 카페였다. 다리도 아플 뿐 아니라 드문드문 비치파라솔도 보기 좋아서 우리는 잠시 쉬어 가기로 했다. 가까이 가 보니 정말 고풍스럽고 분위기 있는 건물이었다. 사람들이 봄을 즐기느라 바깥에 내어 놓은 의자에 앉아 차를 들면서 한가로이 담소를 즐기고 있었다.

우리는 아이스크림을 주문했다. 정장을 한 노부부가 은빛 나는 그릇에다 무지갯빛 아이스크림을 받아먹는 모습이 그럴듯해 보였던 것이다. 할아버지는 녹색 넥타이로 멋을 내고 할머니는 우아하게 진주 목걸이를 하고 있었다.

"잠깐만요. 장미공원이 여기서 먼가요?"

이번에는 내가 아이스크림을 가지고 온 청년에게 물었다.

"장미공원이라니요, 마담?"

"바가텔 말이에요. 장미로 유명한."

"바가텔! 오! 패션쇼 하는 곳이죠. 바로 저기 있습니다."

손이 가리키는 곳을 보니 꽃은 없고, 바로 눈앞에 'Bagatelle' 이라고 쓴 장미 모양의 커다란 아취형 터널이 보였다. 관광객들이 입장권을 사기 위해 줄을 길게 서고 있었다. 패션쇼가 열리고 있었던 것이다.

나는 그제야 바가텔에서의 장미를 이해하게 되었다. 장미는 바가텔의 주체가 아니었던 것이다. 여태껏 만난 그 누구도 장미를 모르지 않았던가. 그들은 오직 패션쇼와 파티가 열리는 바가텔만을 기억할 따름이었다. 장미는 패션쇼를 위한 '장치'에 불과했던 것이다. 우리 삶에 생일케이크나 샴페인이 삶 그 자체가 아니라 아름다운 장치였듯이.

나는 순간 젊은 날 가슴 설레던 캠퍼스의 장미와, 바이올리니스트와, 내 인생의 주술사였던 나의 슬픈 장미를 떠올렸다. 오랜 시간 나를 지배해 왔던 장미의 주술이 아이스크림처럼 녹아내리는 것이 보였다.

'매직로즈' 게임은 순식간에 젊은이들의 마음을 사로잡았다고 한다. 그중에서도 꽃잎마다 다른 색으로 변하는 '레인보우 로즈' 게임이 값도 비싸고 인기도 있다는 소문이다. 게임에서는 룰이 복잡할수록 흥미를 유발하기 때문이 아닐까.

기사를 읽는 순간 나는 오래전 머뭇거리며 장미 다발을 받아든 한 여자아이를 떠올렸다. 그녀의 장미에도 레인보우 게임이 숨어 있었을까.

비단 저고리

첫아이가 돌을 지날 무렵이었다. 나는 당시 어찌된 셈인지 쏟아지는 잠을 주체할 수가 없었다. 밥하다가도 졸고, 청소하다가도 졸고, 심지어는 아이 기저귀를 갈다가도 졸았다.

어느 날 다락에 올라가 무엇을 찾다가 졸았는데, 졸다가 아예 잠이 들어 버린 적이 있었다. 사람이 갑자기 없어져서 집안이 발칵 뒤집혔는데도 그것도 모르고 나는 깊은 잠에 빠져버렸다.

한참을 달게 자고 일어났더니 바로 옆에 무언가가 눈에 띄었다. 무명 보자기에 싼 물건이었다. 궁금해서 풀어보았더니 네댓 살 난 아이의 저고리였다. 남편이 어렸을 때 입었던 저고리를 시어머님께서 간직하고 계셨던 것이었다. 청홍이 겹을 이룬 비단 저고리에 녹이 슨 작은 은단추가 달려 있었다. 설빔이었거나 집안 대소사 때 입혔을 예복이었을 것이었다. 그렇더라도 한참 뛰어놀 네댓 살 된 사내아이에게 은단추까지 달린 비단 저고리라니!

나는 당시 시집살이가 힘에 부쳐 어머님에게 서운한 점도 많았는데 일순간에 그 모든 것이 사라지는 느낌을 받았다. 묘한 감동까지 일었다. 비단 저고리에 어머님의 아스라한 꿈이 녹아 있는 것도 같았다. 6.25 전 아버님과 행복했던 시절의 물건일 거라고 생각하니 마음이 짠하기도 했다. 나는 저고리를 들고 환한 얼굴로 다락을 내려왔다.

비단 저고리는 자연스럽게 내 손으로 넘어왔다. 한 땀 한 땀 손으로 만든 그것을 볼 때마다 어머님을 지탱했을 신혼의 꿈, 아들에 대한 기대를 보는 것 같았다. 전쟁을 겪고 가난을 견딘 고달픈 삶이었다. 언제라도 책 한 권은 너끈히 쓸 만한 억척같은 삶이었다.

나는 그것을 오동나무 버선함에 고이 간직했다. 살림을 나서는 느티나무 뿌리의 속을 파낸 둥근 탁자에 얌전히 펼쳐 통유리로 덮었다. 거실에 놓았더니 많은 사람들이 관심을 보였다. 전쟁통에 아버님과 헤어진 이야기까지 곁들여 설명을 하다 보면 가슴 한편이 아려왔다. 한 남자를 두고 어린 시절 손으로 직접 비단 저고리를 만들어 입힌 어머님의 삶과 결혼 후 쏟아지는 잠 속에서 그것을 찾아낸 나의 삶 사이에 보이지 않는 가교가 놓여 있는 것 같았다. 가깝게 지내는 의상학과 교수가 「고의상전시회」에 쓰겠다며 잠시 빌려 달라 했을 때도 완강히 거절했다. 비단이라 전시과정에 훼손될 우려가 있었기 때문이었다.

세월이 흘러 어머님 돌아가시고 주인공인 남편마저 세상을 뜬 지금, 나는 종종 비단 저고리를 보며 두 분을 추억한다. 물건이라는 것이 정직하기 그지없어서 슬플 때나 기쁠 때나 그것은 내가 놓아둔 그 자리에 조용히 놓여 있다. 저 스스로 생명력을 가지고 그 자리에 놓여 있다.

보이지 않아도

이른 아침 공원을 돌고 있을 때였다. 어디선가 색소폰 소리가 들려왔다. 주위를 살폈으나 연주자가 보이지 않았다. 야산 중턱 어딘가, 인적이 드문 곳에 홀로 서서 불고 있는 모양이었다. 수줍어서일까. 자신이 없어서일까.

딸이 오랜 유학 생활 끝에 첫 오케스트라 일을 시작했을 때 나는 기대 반 걱정 반으로 가슴이 설레었다.

그러나 막상 막이 오르자 예상치 못한 일이 벌어졌다. 무대에서 딸의 얼굴이 보이지 않는 것이었다. 덩치 큰 서양 남자들 속에서 말석에 앉은 딸은 음악회 내내 손만 겨우 보일 뿐이었다. 평생토록 배우 되기를 소원했던 엑스트라가 '맨발의 청춘'에서

거적 아래로 발만 나온 것과도 같았다. 가슴이 미어졌다. 겨우 저것 하려고 어린 나이에 부모 떠나와, 스타카토로 시간을 끊어 가며 하루 8시간씩 연습했던가? 겨우 저것 하려고 체중감소에 생리불순까지 겪으며 음악에 올인했던가?

색소폰이 잠시 연주를 멈추었다. 휴식 중인가 보았다. 공원에 있는 많은 사람들이 두리번거리기 시작했다. 테니스를 치던 중년 남자는 라켓을 든 채 멈춰 섰고, 조깅을 하던 젊은이는 속도를 늦추며 뒤를 돌아보았다. 훌라후프를 돌리던 아줌마는 허리를 세우고 먼 곳을 살폈고, 뜀박질하던 강아지는 킁킁거리며 주인을 보챘다.

약속이나 한 듯 '멈춰'가 풀렸을 때는 색소폰 소리가 다시 들렸을 때였다. 테니스도 조깅도 훌라후프도 다시 돌기 시작했다. 가만히 보니 운동하던 사람들만 그를 기다린 것이 아니었다. 장미도, 비둘기도, 연못의 수련마저도 색소폰 소리에 귀를 쫑긋 세우고 있는 것 같았다. 그런데 그는 왜 얼굴을 보여 주지 않을까.

엄마와 달리 딸은 손만 나온 첫 연주가 만족스러웠던 모양이었다. 청중과 동료들의 격려를 받으며 상기된 낯빛을 감추려 하지 않았다. 그때 내가 오늘처럼 편안했다면 얼마나 좋았을까. 보이지 않아도 충분히 들렸음을 그때는 왜 몰랐을까.

해가 솟으며 색소폰 소리도 잦아들었다. 지금쯤 그는 손수건으로 땀을 닦으며 악기를 챙기고 있을 터였다. 나는 음악회 내내 손만 보여주던 딸의 첫 연주를 생각하며 집을 향해 걸음을 옮겼다.

안약을 넣다가

요 며칠 하찮은 일로 어려움을 겪고 있다. 눈에 안약을 넣는 일이다. 의사는 대수롭지 않게 처방을 내지만, 나로서는 여간 고역이 아니다. 무엇보다 눈의 조준이 어렵다. 왼손으로 눈을 벌려 오른손으로 약을 넣는데, 약이 내려오는 순간 왼손도 놓고 눈도 감아버리고 만다. 약은 온 얼굴에 번져 안약으로 세수를 하게 된다.

멀리 있는 자식들은 한심한 소리만 한다. 즈네들끼리 엄마는 안약도 못 넣는다고 흉을 봐 쌌더니 병원에 가서 간호사에게 부탁하라고 조언을 한다. 그래도 딸이 조금 낫다. 왼쪽 눈에 넣을 때는 오른쪽을 흘겨보고 오른쪽 눈에 넣을 때는 왼쪽을 흘겨보라고 한다. 새치름히 흘겨보면서 안약을 넣으면 약이 눈에 저절로 고이게 된다고 가르쳐 준다.

우여곡절 끝에 안약이 눈에 떨어지니 환영처럼 낯익은 얼굴 하나가 나타난다. 저 세상으로 간 남편이다. 그는 생전에 안약 정도는 마술처럼 흘리지도 않고 눈에 잘 넣곤 했다. 길을 가면서도 주머니에서 약을 꺼내 이쪽저쪽에 한 방울씩 떨어뜨렸다. 내가 신기해하면 빙긋 웃으며,

"마라톤 하면서도 넣을 자신 있는데, 그런 종목은 없겠지?"

안약 정도로 딴 세상 사람까지 데려오느냐고 나무라지 말기 바란다. 케네디가 떠난 후 기자가 재클린에게 '남편이 가장 생각 날 때가 언제냐'고 물었을 때 망설이지도 않고 '가전제품이 고장 났을 때'라고 대답하지 않던가.

"다리미가 말썽을 부리면 고쳐 쓸 것인가 새로 살 것인가 나는 그와 의논했지요."

아마도 남편은 안약으로 세수를 하는 내가 걱정되었으리라. 이런 걸 두고 유행가에서는 사랑이라고 하지 않던가. 결핍의 순간에 홀연히 나타나는 바로 이런 것. 눈을 확인한 그가 일상처럼 왔던 길을 되돌아간다.

"걱정 마. 금방 나을 거야."

그들만의 세상

올 설날에는 손님이 많았다. 10여 년 동안 앞서거니 뒤서거니 결혼한 조카들이 앞다투어 출산을 했기 때문이다. 네 살부터 중학생까지 일곱 명이나 불어났다. 3대가 모이니 집 안이 그득했다. 어느새 할머니 할아버지가 된 우리의 입은 연신 벌어졌다.

제사를 지내고 세배 순서가 되었다. 2대보다 3대가 압권이었다. 미취학과 취학으로 나뉘었다. 학생들이 먼저 시범을 보였다. 두 손을 모아 공손히 절을 올린 후 무릎을 꿇었다. 어른들이 몇 마디 덕담을 건네는 동안에도 경청하는 자세를 보였다. 세뱃돈과 관련이 있기 때문이다.

그들의 머릿속에는 벌써 예상금액이 들어 있었다. 어젯밤 조심스럽게 명단과 금액을 뽑아 보았다. 연장자순이 아니라 계산하기 좋게 고액순으로 분류했다. 어른들이 지갑을 열자 두 손을 들고 알뜰하게 한 바퀴 돌아 챙겼다. 행여 건너뛰어 손실이 생기지 않도록 조심했다.

미취학으로 내려오자 모든 룰이 흐트러졌다. 동서남북으로 엉덩이를 치켜들고 한바탕 절을 올린 꼬맹이들은 받은 세뱃돈을 쪼르르 엄마에게 갖다 바쳤다. 형들처럼 한 바퀴 도는 것도 없었다. 한 사람이 주면 그것만 받는 것으로 끝이났다. 스스로 대견하여 폴짝폴짝 뛰기도 했다.

상이 차려지고 어른들이 술잔을 기울이는 사이 아이들에게는 밥이 제공되었다. 닭볶음과 갈비찜과 갖은 나물이었다. 탕국은 공동으로 서너 그릇 놓았다. 먹는 동안 부엌에서 과일을 챙기다가 이상한 기류를 느꼈다. 아이들이 없어진 것이었다. 거실에서는 어른들의 목소리만 들려왔다.

"애들은?"

"침대 방요."

칼을 놓고 침대 방 문을 열었다. 하이고! 침대 위에서는 진풍경이 벌어져 있었다. 중학생이 타블렛을 켜 놓고 앉은 주위로 조무래기들이 빙 둘러앉아 있었다. 〈겨울왕국〉을 보고 있는 참이었다. 얼마나 진지한지 G7 회의가 따로 없었다.

네 살짜리 막내까지 손가락을 물고 화면에 꽂혀 있었다. 얼굴을 박고 열중하느라 내가 들어간 것도 모르고 있었다. 그들만의 세상이 펼쳐져 있는 것이었다. 나는 한참을 객이 되어 서 있다가 뒤꿈치를 들고 방을 나왔다.

삼겹살과 프로이트

　늦은 나이에, 전공도 아닌 '프로이트 독회'를 기웃거린다는 것은 만용일 수도 있겠다. 하지만 기회가 좋았다. 나처럼 우연찮게 프로이트에 발을 들인 용감한 의사 한 분이 기꺼이 길을 터 주었던 것이다.

　회장을 맡은 정신분석학교수는 17권의 프로이트 텍스트를 1년 반에 걸쳐 읽을 계획이라고 밝혔다. 그는 회원들에게 라캉이 프로이트의 텍스트를 제대로 읽지 않은 프로이디언들을 통탄하며 '프로이트로 돌아가자'라는 기치를 내 건 일을 상기시켰다. 그것은 곧 우리의 공부가 '프로이트의 텍스트로 돌아가자'라는 뜻이었던 것이다. 그는 또한 독회 기간 동안 독서를 위한 독서는 지양해 달라고 주문했다. 텍스트와 독자를 잇는 독서공간에서 존재의 전환이 일어나는 감동의 접점을 찾아달라고도 말했다. 영혼의 떨림을 경험해 달라는 뜻으로 들렸다. '아하'의 체험이다. 글을 통한 영혼의 떨림, 얼마나 벅찬 감동일까.

뒤풀이에서는 소주와 삼겹살이 나왔다. 불판 위에 고기와 김치를 올리다 보니 궁금증이 생겼다. 이미 세상을 떠난 프로이트의 눈에는 지구 반대편의 한 작은 나라에서 늦은 밤 삼겹살을 구우며 자신의 텍스트를 탐하고 있는 사람들이 어떻게 비쳐질까. 그의 무엇이 20세기 전 유럽을 흥분시켰던 것일까.

학부 때부터 프로이트에 심취했다는 한 회원이 고백했다. "쾌락은 죽음에 종사한다!" 또 다른 회원이 받았다. "증상은 기억의 상징이다!"

아까부터 삼겹살만 굽고 있던 나는 생뚱맞게도 유행가 한 소절을 떠올렸다. 송창식이 부른 〈사랑이야〉에 나오는 가사이다. '단 한 번 눈길에 부서지는 내 영혼~.'

그리고 보면 인간의 영혼은 유리알처럼 예민하여 눈길 한 번, 글 한 줄에도 떨림을 경험하고 마침내 부서지기도 하는가 보았다. '아하'의 갈망이다.

밤이 깊었다. 누군가가 소주잔을 들어 건배를 외쳤다.

"프로이트를 위하여!"

깜짝 놀란 삼겹살이 서둘러 익기 시작했다.

나는 어디에

먼 길 떠나는 해외여행에 죽이 맞는 친구가 있다는 건 행운이다. 우리는 올해 분수에 넘치는 북유럽 여행을 계획하기에 이르렀다. 육로와 크루즈를 겸한 기분 좋은 여정이었다.

크루즈는 덴마크에서 노르웨이로 갈 때 이용했다. 14만 톤에 이르는 리갈 프린세스호였다. 대형극장, 카지노, 나이트클럽, 면세점, 피트니스 센터 등 최신 부대시설을 두루 갖춘 배는 마치 바다 위에 떠 있는 거대한 호텔 같았다. 배를 탔으되 흔들림이 없어 호텔 객실에 앉아있는 것처럼 편안했다.

우리의 숙소는 6층 오션뷰였다. 커튼을 여니 발트해가 한눈에 들어왔다. 백야현상으로 밤 10시가 되어도 밖은 대낮처럼 환했다. 우리는 온종일 코펜하겐을 누빈 여독으로 샤워가 끝나자 바로 잠에 떨어졌다.

얼마나 잤을까, 누가 먼저인지 모르게 함께 눈을 떴다. 많이 잔 것 같은데 겨우 오전 두시 반이었다. 커튼을 여니 새로운 세상이 보였다. 바다가 벌겋게 해를 품고 있었다. 여명을 준비하고 있는 것이었다. 바다는 물이라기보다는 거대한 짐승 같았다. 수면 깊숙이에서 붉은 해가 용트림을 하듯 뒤척였다. 용트림은 서서히 산 쪽으로 물러갔다. 이제는 산이 해를 받아 안을 모양이었다. 마침내 수평선이 띠를 두르기 시작하자 우리는 참았던 숨을 한꺼번에 토해냈다.

"커피 한잔 하자."

빈속에 마시는 커피는 썼다. 그러나 우리는 손에서 놓지 못했다. 어스름한 새벽이 얼굴을 드러내자 바다 위에 떠 있는 몇 척의 배가 보였다. 배를 향해 내가 목을 길게 뽑았다.

"우리 배는 어디 있는 거야?"

친구가 웃음을 터뜨리다 마시던 커피를 쏟고 말았다.

"지금 여기 타고 있잖아!"

그러니까 나는 배 안에서 배를 찾은 셈이다. 배가 커서 착각이었을 거라는 생각은 핑계에 불과하다. 안이함에 속아 잠시 혼란이 왔다는 것도 변명일 따름이다. 그 순간 잃은 것이 어찌 배뿐일까. 배 안의 나까지도 놓아버린 것이 아닐까.

　나는 종종 나를 잃는다. 어렸을 때는 심약하여 나를 추스리지 못했고, 자라서는 무모하여 나를 망각했다. 어른이 되어서는 아예 길들여진 짐승처럼 나를 포기했다. 살림하며 늦은 나이까지 직장 생활을 하는 여자는 존재 자체가 유령에 가까웠다. 꼬깃꼬깃 나를 숨기느라 급급했고, 상황에 나를 끼워 맞추느라 전전긍긍했다. 어쩌다 내 눈 앞에 내가 어른거리기라도 하면 황급히 나를 치우기에 바빴다. 마침내 내 눈에도 내가 보이지 않고서야 비로소 나는 안심했다.

　난감한 것은 그것이 완벽하지 않은 데 있었다. 비 온 뒤 새싹이 돋아나듯, 불탄 자리에 진달래가 피어나듯 내 안의 나는 예고도 없이 풀잎처럼 일어났다. 어느 날 모교의 음악대학 앞을 지나게 되었다. 강당에서는 오페라 〈라 트라비아타〉를 연습하고 있었다. 소프라노가 〈오, 당신이었군요〉를 부르고 있었다. 나는 그 자리에서 장승이 되어 노래에 귀를 기울였다. 대학시절 교양수업으로 '오페라의 이해'를 들었을 때 음악감독을 겸하고 있던 교수님이 사는 동안 어렵더라도 감성이 녹슬지 않게 살라던 말씀이 생각났다. 나는 당시 감성으로부터 한참이나 먼 삶을 살고 있었다.

　인디언들의 영혼에 대한 이야기도 생각났다. 그들은 길을 가

다가 종종 뒤를 돌아다본다고 했다. 영혼이 몸을 따라오지 못할까 봐 걱정이 되어서다. 언젠가부터 나는 나의 영혼을 걱정하지 않고 있었다. 삶에 골몰하여 그것이 어떻게 생겼는지 살필 겨를이 없었다. 네모인지 세모인지도 기억나지 않았다. 나처럼 구차한 삶에 영혼을 파는 사람을 인디언들이 보면 뭐라고 할까. 눈물이 하염없이 흘러내렸다.

여행 일정이 끝나 돌아오는 비행기 안에서는 입국신고서를 쓰게 되었다. 이름, 직업, 여행 목적 등 영어로 된 양식이었다. 우리는 킥킥거리며 가까스로 양식을 작성했다. 오랜만에 쓰는 영어라 착오가 있을까 봐 조심했다.

입국장에서 우리는 그것이 얼마나 웃기는 일인지를 실감했다. 우리는 내국인이었던 것이다. 한국인이 한국에 들어오는데 영어가 무슨 소용이 있겠는가. 양식은 아마도 외국인을 배려한 것이었나 보았다. 그것도 모르고 경유국을 차례대로 기억해 내느라 고심하던 얼간이라니! 나는 새삼 인디언들의 영혼 챙기기를 상기하며, 어쩌면 아직도 북해 어딘가에서 길을 잃고 헤매고 있을 어리석은 나를 부산하게 거두어들였다.

전시회에서

　모처럼 덕수궁 미술관을 찾았다. 1920년대에서 1970년대까지의 대표작들이 전시되어 있었다. 사진으로만 보던 여러 미술품을 실제로 보는 감동은 CD로만 듣던 오페라 아리아를 배우의 입을 통해 직접 듣는 것과도 같았다. 내 머릿속에 40호 정도로 저장되어 있던 박수근의 〈빨래터〉가 3호짜리 작은 그림인 것도 의외였다.

　나는 특히 그림 속에 나오는 사람들을 주목했다. 대가족이 모여 생일잔치를 하고 있기도 하고, 파이프를 문 멋쟁이 신사도 있었다. 아이를 업고 절구질하는 여인이 있는가 하면 꽃을 단 모자를 쓴 여인도 있었다. 시대가 다르고 구상과 추상의 접근이 다를 뿐 내 이웃 같은 사람들이었다.

그림 밖에도 사람들이 있었다. 어른에, 학생에, 주말이라선지 선생을 따라나선 조무래기들도 끼어 있었다. 아이들은 선생의 설명에 따라 그림 속과 그림 밖을 들락거렸다. 입을 헤벌리고 자기도 모르게 그림 속으로 들어갔던 아이들은 일행을 잃고 황급히 그림 밖으로 뛰쳐나왔다.

나는 〈카이로 나일 강변 이집트의 여인〉이 되어 아이에게 젖을 물리다가 집 나간 〈길레언니〉를 잠깐 생각했다. 시어머니의 부르는 소리에 급히 나가 가족사진을 찍기 위해 합류했다. 젖먹이를 어머니에게 넘기고 큰아이 옆에 서니 바둑이가 먼저 나와 있었다. 가족이 된 지 오래된 강아지였다.

관람이 끝나 기념품 가게로 들어갔다. 달력을 살까, 도록을 살까 만지작거리는데 수첩 표지를 장식한 〈아악의 리듬〉이 눈에 들어왔다. 청각장애인인 김기창의 그림이었다. 선들이 얼마나 역동적인지 눈이 다 시원했다. 친구들에게도 선물할 겸 몇 개 손에 넣었다.

이 무슨 우연일까. 전시장 밖으로 나오니 정문 쪽에서 아악 소리가 들렸다. 수문장 교대 행사 중으로 보였다. 그들이 내가 산 수첩의 표지를 보았을 리도 없고 그림 속에서 아악이 튀어나왔을 리도 만무하건만 나는 어쩐지 양쪽이 합주하는 듯한 착각에 빠져들었다. 신구와 안팎의 합일이었다.

그리고 보면 짐승이나 꽃이 아닌 인간으로 태어남은 얼마나 큰 행운일까. 제아무리 영특한 짐승이라도 그림을 그리거나 아악을 울릴 수는 없을 것이다. 그 어떤 아름다운 꽃이 그림 속으로 들어가 한 번도 만난 적 없는 작가의 고뇌와 슬픔에 공감할까. 아악 소리가 가까워지기 시작했다. 나는 정문을 향해 천천히, 좀 걸었다. 잔설이 희끗희끗 남아있는 덕수궁을 느긋하게 어슬렁거리다 보니 겨울 해가 서쪽으로 지는 것이 보였다.

섬뜩

한밤중에 일어나 물 한 잔을 마시다가 휴대폰에 눈이 갔다. 폴더를 여는 순간 나도 모르게 폰을 떨어뜨리고 말았다. 돌아가신 K선생님의 성함이 떠 있었던 것이다. 망자의 이름으로 아들이 보내온 문자 메시지였다. 아버님 돌아가신 후 유품정리와 연락처 확인에 인사가 늦었다면서 지난 번 문상에 감사를 표한다는 내용이었다.

나는 넋을 잃고 한참을 우두커니 서 있었다. 나는 왜 그의 이름을 본 순간 섬뜩한 생각이 들었을까. 그는 결코 남을 불편하게 하는 사람이 아니었다. 온화하고 유머러스한 젠틀맨이었다. 달포 전에만 해도 행사장에서 만나 반갑게 인사를 나누지 않았던가.

"잘 지내시죠?"

"그럼요. 잘 지내지요. 아픈 것만 아니면요. 아픈 거 이건 좀
재미없어요."

사망 소식을 접했을 때도 우리는 모두 서운함 중에 안도감을
느꼈다. 숙환으로 오랫동안 고생을 해 온 데다 연세도 90을 앞두
고 있었기 때문이었다. 마지막이 된 행사장에서는 사회자가 노
래 한 곡을 청하자 청년처럼 가볍게 뛰어나와 흔쾌히 한 곡을 불
러 젖혔다. 백년설의 〈대지의 항구〉였다.

버들잎 외로운 이정표 밑에

말을 매는 나그네야

해가 졌느냐

쉬지 말고 쉬지를 말고

달빛에 길을 물어

꿈에 어리는 꿈에 어리는

항구 찾아 가거라

그가 노래할 때 우리는 거의 슬프지 않았다. 목소리가 하도 카
랑카랑하여 환자인 것도 잠시 잊었다. 음정과 박자까지 정확하

여 우리 모두 열심히 박수를 치며 즐거워했다. 그런데 섬뜩함이라니! 이승과 저승의 거리는 그리도 먼 것인가.

폰을 닫고도 자리를 뜨지 못하고 거실을 어슬렁거렸다. 정면 거울에 황망한 내가 허깨비처럼 서 있었다. 자다 일어난 머리가 쑥대밭이 되어 있었다.

신체 중 머리카락은 소속이 애매하다. 심장이나 뇌와는 출신 성분이 다르다. 붙어있을 때는 내 것이되 떨어지면 내 것이 아니다. 내 것일 때는 학처럼 도도하다가도 떨어지면 잉여에 불과하다. 잉여이되 저 스스로는 놀랄만큼 수명이 길다.

오래전 내셔널 지오그래픽은 16세기 조선시대에 만들어진 짚신 한 켤레를 소개했다. 경북 안동에서 택지를 개발하기 위해 선조의 묘를 이장하는 과정에서 머리카락으로 삼은 짚신 한 켤레가 발굴되었다는 내용이었다. 남편이 요절하자 아내가 자신의 머리카락으로 짚신을 삼아 관 속에 넣었던 것이다. 발굴 당시 머리카락은 거의 형체를 유지하고 있었다 한다.

손을 들어 머리를 대충 쓸어 넘겼다. 기다렸다는 듯이 죽은 머리카락이 몇 올 손바닥에 묻어 나왔다. 무슨 연유에선지 밤사이 내 몸에서 떨어져 나간 것들이었다. 나의 뜻은 아니었다. 온전히 자기 의지였다.

어쩌면 나는 매일 떨어져나간 머리카락만큼씩 죽어가고 있는

지도 몰랐다. 세상만물이 유한하니 이를 피할 수 있는 생명체는 지구상에 없다. 진시황도 엘리자베스 테일러도 석가모니도 피하지 못했다. 죽음은 이렇듯 삶에 바짝 붙어있는 것이었다.

다시 폰을 열어 망자의 이름을 들여다본다. 마이크를 잡고 노래하던 마지막 모습이 떠오른다. 지금쯤은 무사히 자신의 항구에 도착했을까. 쉬지 말고 쉬지를 말고 달빛에 길을 물어 꿈에 어리는 항구를 찾아갔을까.

망자를 대신한 아들에게 답장을 쓰기 시작한다. 쓰다 지우고 쓰다 지우다가 결국 하나마나한 인사 몇 마디로 말을 맺는다. 폰을 닫으니 이제는 삶이 섬뜩하다.

알 수 없는 일

나는 세상을 얼마나 아는 걸까. 모르는 것이 많은 걸까. 아는 것이 없는 걸까.

젊은 날의 이야기다. A와 결혼을 앞두고 있었는데, 동아리 선배 한 사람이 A의 뒷조사를 하고 다닌다는 소문이 돌았다. 자신이 보기에 저보다 못한 A를 내가 좋아하는 이유를 납득할 수 없다는 것이었다.

나는 화가 머리끝까지 치솟아 선배를 만났다. 생맥주 집이었던 것 같다. 만나자마자 속사포같이 퍼부었다. 남자답지 못한, 비겁한, 상종 못 할 인간으로 몰아붙이며 내가 알고 있는 모든 폭언을 쏟아놓았다.

그는 묵묵히 술만 마셨다. 한 마디 대꾸도 없이 술을 마시고, 안주를 집었다. 제풀에 지쳐 나의 손이 술잔에 갔을 때, 그가 입을 열었다.

"알았어. 다 알아들었어. 미안해."

눈꺼풀을 일으켜 천천히 나를 바라보는데, 나는 얼어붙었다. 나는 그가 그렇게 깊고 아름다운 눈을 가진 줄 몰랐다. 가슴이 철렁 내려앉았다. 돌발 사고였다. 재난이었다. 난감했다.

갑자기 입을 닫은 나의 혼란을 알 리 없는 그는,

"카뮈의 『이방인』이 방곤 번역으로 새로 나왔더라. 빌려 줄까?"

세월이 흘러도 그에 대한 기억은 딱 하나로 요약된다. 아름다운 눈. 이해할 수 없는 것은 그토록 위대한 발견이 하필이면 왜 그 순간에 일어났을까 하는 점이다. 폭언 때문이었는지 '미안해' 때문이었는지 혹은 일시적 착시현상이었는지 지금도 알 수 없는 일이다.

착시錯視

　여행의 묘미는 의외성이라지만 이건 좀 심하다. 제주에 있는 '신비의 도로' 이야기다. 일명 '도깨비 도로' 라고도 한다. 오르막길이 내리막길로 보이고, 내리막길이 오르막길로 보인다. 착시현상이다. 지표 측량으로 경사 3도 정도의 내리막인 길이 주변 지형 때문에 착시현상을 일으켜 오르막으로 보이는 것이라 한다.

　1981년 어느 신혼부부가 택시에서 내려 사진을 찍다가 세워둔 차가 언덕 위로 올라가는 현상을 목격한 이후 세상에 알려지게 되었다니 신기하지 않은가. 1분 거리에 러브랜드와 검은오름, 한라수목원까지 있어 교통체증과 사고의 위험을 감안한 제주시는 신비의 도로 서쪽에 우회도로까지 설치했다.

시험 삼아 '신비의 도로' 표지판 앞에서 차를 세워 본다. 차가 서서히 오르막길을 올라간다. 오르막길로 보이지만 실제로는 내리막길이기 때문이다. 내 몸 또한 균형이 깨지는지 오르막 내리막에 혼란이 온다. 그네를 타는 것 같기도 하고, 시소를 타는 것 같기도 하다. 길이 멀어졌다 가까워졌다 한다. 하늘과 산, 나무마저 흔들려 보인다. 페트병을 내리막길에 놓아보는 사람도 있다. 서서히 위로 올라가는 것이 보인다.

우리의 화제도 자연히 착시현상으로 넘어간다. 우리 삶에 착시현상이 한두가지겠는가. 친구가 먼저 운을 뗴었다. 아까 내리막길에서 차에 오를 때 뜬금없이 신발을 벗을 뻔했다고 말했다. 순간적으로 차 안이 방으로 보였기 때문이었다.

나도 한마디 거들었다. 오르막, 내리막을 몇 번 하다 보니 여기가 어딘가 싶었다고 토로했다. 외국인가, 우리 동네인가 싶다가 '제주 흑돼지' 표지판을 보고서야 정신을 차렸다고 말했다.

다른 친구는 조금 무거운 이야기로 받았다. 남편 이야기였다. 아버지와 오빠가 하도 무섭고 권위적이라 부드러운 남자를 선택했더니 무엇 하나 책임질 줄을 모르더라고 했다. 연애할 때 그는 마치 엄마 배 속에서 나올 때부터 태산을 떠받치는 책임감을 갖고 태어난 것처럼 보였다고 했다.

그녀 또한 남자는 누구나 불알을 차듯 세상을 짊어지고 태어나는 줄 알았다고도 말했다. 거기다 그는 부드러움까지 겸비했으니 세상천지에 이런 완벽한 남자가 어디 있겠는가. 아니었다. 심각한 착시현상이었다. 남편은 가정은커녕 자신도 책임질 줄 모르더라고 했다. 돈 한 푼 못 벌면서 아이 업고 시장 바닥을 누비며 생활전선에 뛰어든 아내에게 스키장비 타령을 하더라고도 했다.

우리는 삶에서 겪은 온갖 크고 작은 착시현상들을 풀어놓았다. 웃다가 한숨짓다가, 침묵에 잠겼다. 착시가 무엇인가. 환상이 아니던가. 우리는 환상을 분신처럼 끌어안고 살아간다. 욕망이기 때문이다. 포기할 수 없기 때문이다. 이 얼마나 허망한 일인가. 갑골문자처럼 해독조차 어려운 그것은 수시로 나타나서 안개처럼 저만 아는 메시지를 뿌리고 사라진다. 우리는 모두 풀 수도 없는 문제지를 들고 있는 꼴이다. 날은 저물고 시간도 없는데.

주차장에 차를 넣기 위해 주위를 둘러보았다. 다양한 조형물들이 눈길을 끈다. '도깨비 조각상'도 있고, 한돈 도새기 조합에서 만든 '복돼지 소원함'도 있다. 도새기는 돼지의 제주도 방언이다. 풍요와 건강, 다산을 빌어준다 한다.

도깨비 도로를 처음 발견한 신혼부부는 잘 살고 있을까. 40여 년 전의 일이니 이제는 장년에 접어들었으리라. 신혼여행에서 느낀 착시현상이 결혼생활에 영향을 끼치지는 않았을까. 내리막길과 오르막길의 어지러움을 잘 이겨내고 있을까. 차는 느린 속도로 내리막길을 기어오르고 있었다.

오브제의 기억

　멀리서 책 한 권이 도착했다. 프랑스에 유학 가 있는 S가 보낸 책으로 『오브제의 기억』이라는 제목이다. S는 한국에서 미술사를 전공했는데, 유학 가서는 전공을 세분하여 오브제objet(매개가 되는 사물)를 통한 역사 연구에 흥미를 갖게 되었다. 현재로부터 가장 빠른 시점을 기준하여 관련 오브제를 중심으로 거꾸로 역사를 추적해 가는 연구이다. 이를테면 루이 16세의 왕비였던 마리 앙뚜아네뜨가 쓰던 변기를 통하여 17세기 유럽의 상하수도 시설을 알아보는 한편 하이힐의 역사까지도 들추어내는 식이다.

　루이 16세의 결혼식 때만 해도 궁 안에 화장실이 없었다. 파리 시내에 정화시설이 되어 있지 않았기 때문이다. 그러다 보니 예술품에 가까운 변기가 전문가들에 의해 경쟁적으로 제작되었다.

유행하는 건축 양식이 변기에도 적용되는 것이다. 직위에 따라 변기의 모양이 달라지는 것도 당연한 이치다. 변기에도 계급이 있는 것이다. 실제로 첨부된 여러 사진 중에는 의자 모양으로 제작된 아름다운 변기 위에서 드레스를 차려입은 왕비가 볼일을 보고 있는 것도 있었다.

　책 한 권을 다 읽고 나니 어느덧 새벽이다. 기지개를 켜며 일어나다 문득 거실 한쪽으로 눈이 간다. 30여 년 전의 젊은 내가 등을 보인 채 무언가에 열중하고 있다. 크고 기다란 나무토막이 그 앞에 놓여있다. 떡판이다. 잠옷을 입은 내가 괴목으로 된 떡판에다 레몬오일을 칠하고 있는 중이다. 천천히, 조금씩, 공들여 그 일에 집중한다.

　떡판은 크고 잘생겼다. 대갓집에서 특별히 잘 만들어서 몇 대를 거쳐 내려온 물건이다. 옛날 우리 선조들은 명절 혹은 잔칫날에 그 위에 떡을 놓고 쳤다. 오래 전의, 어느 댁 큰 아기의 것인지도 모를 떡 썬 자국들이 빗살처럼 정교하고 촘촘하게 나 있다. 수많은 이야기, 수많은 사연들을 비밀처럼 끌어안고 있는 보기 드문 물건이다. 이 집에 올 때 이미 200여 년의 세월을 넘겼다.

　언제부터 와 있었는지 한 남자가 역시 잠옷 바람으로 나를 내려다보고 있다. 퇴근길에 레몬오일을 사다 준 남편이다. 그는 그것을 자랑스럽게 내밀며 괴목에는 레몬오일을 먹여야 한다고 했다. 나무토막에 레몬오일이라니. 그것도 먹이다니. 세상 비밀 하나를 몰래 훔친 듯 둘은 마주보며 짜릿하게 웃었다. 애들이 어렸으므로 잠든 후를 틈타 한밤중에 칠을 끝내야 했다.

"시작한 거야, 당신?"

"쉿! 애들 깰라…."

흥분으로 몸이 부르르 떨리는 시늉을 한다.

"그렇게 좋아?"

"응."

남편도 주저앉아 함께 칠하기 시작한다.

"나한테도 이렇게 공 좀 들이지. 아무려면 나무토막보다야 못할까…."

S라면 여기서 떡판이라는 오브제가 당시의 한국 중산층에게는 실용을 넘어선 문화상품이었음을 주목할 것이다. 그랬다. 언제부터인가 남편과 나는 오래된 물건에 흥미를 갖게 되었다. 우리가 무슨 대단한 가문의 자손이거나 투자 가치를 의식한 것은 아니었다. 그저 단순히 오래된 물건들에 대한 관심이라고나 할까. 하찮은 것이라도 손에 넣게 되면 무슨 대단한 보물인 양 애지중지 간직했다.

어느 날 우리는 우연한 기회에 명문 대갓집에서 사용하던 떡판 하나를 만나게 되었다. 괴목으로 된 통판이었는데 어찌나 잘 생기고 늠름했던지 첫눈에 그만 홀딱 반해버리고 말았다. 말이 떡판이지 보존상태가 나빠서 나무토막만 겨우 남겨진 상태였다. 그 무거운 걸 우리는 애써 뒤집어 가며 밤늦도록 씻고 닦아냈다. 각오는 하고 있었지만 두 사람 다 속옷까지 흠뻑 적신 상태였다.

우리는 그 잘 생긴 떡판을 석 달 동안 그늘에서 공들여 말렸다. 그런 다음 발을 달고 서랍을 붙여 탁자로 만들었다. 응접실에 놓고 보니 좁은 공간이 그(떡판)에게 너무 민망했다. 물건도 역시 사람과 마찬가지로 숨 쉬고 활동할 만한 공간이 필요했던 것이다. 궁리 끝에 우리는 응접실과 부엌 사이의 문을 제거하기로 합의를 보았다. 머리도 좋지, 그것은 정말 근사한 생각이었다!

문을 없애는 작업을 하다가 부엌에 놓인 식탁마저도 아예 치워버리고 말았다. 떡판을 들이자니 식탁이 꼭 의붓자식같이 느껴졌던 것이다. 그제야 떡판은 응접실과 부엌을 포옹하며 늠름하게 탁자 구실을 해 내게 되었다. 우리는 아침저녁 호마이카 밥상을 접었다 폈다 하면서도 떡판으로 된 탁자 위에서는 오랫동안 차를 마시고 담소를 즐겼다.

이쯤에서 S라면 질문을 던질 수 있다. 그런데 왜 지금은 그 떡판이 거실 한쪽, 시선이 닿지 않는 곳으로 밀쳐져 있나요? 그렇다. 이제 나는 더 이상 그와 더불어 차를 마시고 담소를 즐길 수 없게 되었다. 오래전 그가 내 곁을 홀연히 떠났기 때문이다. 그가 죽고 나서 나는 마음으로부터 떡판과도 헤어졌다. 유행가 가사처럼 우린 너무 쉽게 헤어졌는지도 모르겠다. 그러나 나는 더 이상 공들여 레몬오일을 먹이지도 않을뿐더러 계절 따라 찻잔을 바꿔 놓지도 않는다.

S가 다시 질문한다. 당신에게 떡판은 어떤 의미인가요. 내가 대답한다. 취미인 동시에 역사이다. 떡판에는 그와 함께한 젊은 날이 고스란히 녹아 있다. 우리 집에 들이기 전 200여 년의 시간까지 떡판은 말 없이 그 안에 품고 있다. 사물이란 항시 인간과 더불어 호흡함으로써 생명력을 얻어가는 꿈틀거리는 생물이다. 오래된 빈 집에 살아 숨 쉬는 것이 있을 수 없음과 같은 이치이다.

대답하다 말고 손을 들어 떡판을 한번 쓸어본다. 지지직, 전율을 실은 통증이 심장을 훑고 지나간다. 음악이 흐르고, 레몬향이 풍겨오고, 찻잔에서 김이 오르기 시작한다. 아픔일까, 슬픔일까. 세포 곳곳에 숨어있던 흘러간 시간들이 모래알처럼 부스스 일어난다. 시공을 넘어 그가 문득 내 앞에 선다. 편안하고 낯익은 현장으로 나를 이끈다. 우리는 말없이 흙 묻은 나무토막을 함께 끌어안고 씻어내기 시작한다. 옷이 다 젖는 줄도 모른 채 밤늦도록 그것을 뒤집어 가며 닦아내고 있다.

첫사랑

대학에서 선생을 하는 K가 동해안에 학교 연수원이 마련되었다고 자랑했다. 학생들과 교직원을 위한 것이니 친구인 우리들과는 아무런 관계가 없을 터이다. 그러나 우리는 각자 스케줄을 확인하며 K를 압박했다.

9명의 여자들이 연수원을 방문한 것은 여름이 끝날 무렵이었다. 바다를 앞마당처럼 끼고 있는 건물에 들어서자 우리는 모두 나이를 잊었다. 고삐 풀린 망아지들처럼 무작정 바닷가로 뛰쳐나갔다.

저녁 무렵이었다. 소금기 머금은 바람이 간간히 불어왔다. 철 지난 바다는 가는 여름이 못내 아쉬운 듯 몸을 심히 뒤채었다.

하얀 파도는 바위를 향해 쉼 없이 밀려와 부서지면서 이루어질 수 없는 사랑을 보채고 있었다. 청마 유치환처럼.

파도야 어쩌란 말이냐
파도야 어쩌란 말이냐.
님은 뭍같이 까딱 않는데,
파도야 어쩌란 말이냐
날 어쩌란 말이냐.

이른 아침. 테라스에서 커피타임을 가졌다. 바다가 꿈을 꾸듯 평화롭게 누워 있었다. 아득히 멀리 수평선은 하늘과 맞닿아 있었다. 해가 솟아올랐다. 말갛게 씻긴 얼굴이었다. 구름을 이고 있는 산들이 근위병처럼 팔을 벌려 해를 맞이했다.

이런 저런 이야기들이 오갔다. 오래된 친구들이니 서로의 이력을 익히 아는 사이가 아닌가. 일 이야기, 가족 이야기, 나이 먹는 이야기 등 수다스러웠다.

문득 한 친구가 '첫사랑'이란 단어를 입에 올렸다. 초등학교 시절의 이야기 도중 나온 게 아니었을까. 수평선 넘어 사라져 간 아름다운 시간들이 우리에게 손짓했다. 설익고 풋풋한 첫사랑들이 다투어 등장했다. 아침 햇살처럼 빛났으나 수평선처럼 멀어져 간 사랑들이었다.

어디선가 음악이 들려왔다. 피아노곡이다. 센스 있는 한 친구가 CD를 가지고 온 모양이었다. 동해안 어느 카페 여주인이 자신의 연주를 직접 녹음한 것이라 했다.

우리는 일제히 음악에 귀를 기울였다. 아마추어로서는 대단한 연주 솜씨였다. '아드린느를 위한 발라드', '한 여름 밤의 꿈', '로망스'가 우리의 가슴을 적셨다. 음악과 함께 아련한 기억들이 수평선 너머로 얼굴을 내밀었다.

시간이 잠시 우리를 20대로 유인했다. 우리는 왠지 좀 슬펐다. 애타고, 안타까웠다. 한 친구가 넌지시 제안했다.

"어느 카페야? 집에 가는 길에 들러보는 게 어때?"

자신의 연주를 직접 녹음했다는 카페 여주인이 궁금해진 것이다.

문제의 카페는 울진 근처 언덕 위에 있다고 했다. 젊은 시절 우리의 가슴을 흔들었던 애정 영화제목처럼 〈언덕 위의 하얀 집〉이라고 하던가.

입구에 간판이 있긴 한데, 나무 위에 살짝 걸려 있어 바람에 날려갈 때도 있다고 했다. 풍력발전소 지나서든가 못 가서든가 기억이 잘 나지 않는다고도 하고, 카페 주인이 혼자 운영하는 집이라 일이 생기면 문을 닫을 때도 많다고 했다. 식사는 안 되며,

커피만 파는 집이라고도 했다.

우리 중 이 황당한 집 찾기에 이의를 다는 사람은 아무도 없었다. 그 카페는 이미 우리들의 환상 속에서 첫사랑의 무대가 되어 버렸던 것이다. 우리는 이미 면식도 없는 카페 여주인과 공범이 되어 있었다. 그 피아니스트가 자신의 음악세계에 우리들의 첫사랑을 초대해 줄 것이라 믿어 의심치 않았다.

승용차 두 대가 몇 번이나 같은 길을 오르락내리락했을까. 〈언덕 위의 하얀 집〉은 눈에 띄지 않았다. 시간은 어느새 정오를 넘겼다. 늦여름의 햇살이 나무에 머물러 그늘을 길게 드리우고 있었다. 바다는 햇볕을 받아 은색으로 반짝였다. 드디어 앞 차에서 포기하자는 사인이 왔다. 우리 중 가장 깨우침이 빠른 친구였다.

"점심이나 먹자. 저기 저 물곰탕 집이 좋겠네."

바로 그때였다. 〈언덕 위의 하얀 집〉이 우리들 눈에 들어왔다. 하지만 카페가 아니라 민박집이 아닌가. 안타깝게도 그것은 언덕 위에 있는 그저 평범한 하얀색의 민박집에 불과했다. 업종이 바뀌었을까. 주인이 바뀌었을 수도 있겠지. 업종과 주인이 모두 바뀌었을지도 모른다. 우리는 영문도 모르고 한 대 얻어맞은 사람들처럼 서로의 얼굴을 쳐다보았다. 화성에서 지구로 등 떠밀린 기분이었다. 이럴 수가!

집으로 가는 차 안. 우리는 약속이나 한 듯 일제히 침묵에 잠겼다. 어쩌면 우리는 철부지 소녀들처럼 18세기 로코코 양식의 카페를 상상했던지도 모른다. 아련한 추억에 젖어 취미 삼아 피아노 몇 곡 친 아마추어를 희대의 예술가로 착각했던 것은 아닐까.

첫사랑은 그저 가슴 깊숙한 오지에 애틋한 그리움으로 굳어버린 화석인지도 모른다. 삶이 외롭거나 혹은 황량할 때 환희를 느끼게 하는 무지개 같은 것일 수도 있을 것이다. 아니면 인간의 심혼 은밀한 곳에 맑은 샘으로 고여 있다가 시작도 없고 끝도 없이 급한 물살을 이루며 흐르는 강물일는지도 모른다.

누군가의 가방에서 휴대폰이 울린다. 몇 시에 집에 오느냐는 가족의 전화다. 기다렸다는 듯이 여기저기서 휴대폰 소리다. 점심은 먹었느냐, 재미있었느냐, 분주하다.

네르하의 치마

치마를 샀다. 스페인 네르하의 벼룩시장에서다. 폭이 넓고 집시 느낌이 나는 치마이다. 춤을 출 것도 아닌데 반짝이 장식까지 달렸다. 아랍계의 여자가 360도의 치마폭을 너풀너풀 펴 보이며 왈라 쌀라 하는 바람에 집어 들고 말았다. 사람이건 물건이건 인연이 있는가 보았다.

야밤에는 플라멩코flamenco 관람이 잡혀 있었다. 플라멩코가 무엇인가. 정열적인 무도리듬과 느린 발라드를 공유하는 집시들의 춤이 아닌가. 우리에게는 카르멘이 호세를 유혹한 춤으로 더 잘 알려져 있다. 나는 기분을 내어 새로 산 치마를 챙겨 입었다. 두툼한 운동화도 벗어던지고 가벼운 구두로 갈아 신었다.

홀 안은 관람객들로 발 디딜 틈이 없었다. 겨우 지정된 좌석을 찾아 앉으니 앞에 놓인 테이블에는 와인에 과일을 넣은 상그리아가 한 잔씩 놓여 있었다.

막이 오르자 무희들이 춤을 선보이기 시작했다. 노래와 춤과 사바티아드(발을 구르며 내는 소리). 그리고 손뼉소리. 무엇보다 내 눈을 끈 것은 물결처럼 층을 이룬 무희의 화려한 치마였다. 치마는 이미 무희에게 소속된 오브제(물건)가 아니었다. 저 스스로 무희와 손을 잡고 춤을 구성하고 있었다.

세상을 덮듯 무대를 한바탕 크게 휩쓸다가, 문득 한순간 아름다운 골을 이루며 무희의 허벅지를 쓰다듬다가, 다시 그 치마는 요술처럼 스르르 내려와 발을 덮었다. 춤은 느리고 우아하게 시작해 갑자기 숨 막히도록 치마를 감고 빠르게 이어졌다. 삶의 기쁨과 괴로움, 사랑과 미움, 애수와 정열의 표현이었다. 맴버 중 나이든 무어인 남자의 구원을 갈구하는 듯한 애절한 노랫소리는 심금을 울리며 무희의 치마폭으로 흘러 들어갔다. 누군가 플라멩코는 땅끝에서부터 끓어오르는 슬픔을 제어하기 위한 안타까운 몸부림이라 했던가.

지금까지 나는 치마를 여자의 몸에 드리워진 커튼 정도로 생각하지 않았나 싶었다. 아니었다. 그것은 치마가 된 순간 몸의 일부로 변신하는 것 같았다. 억울함을 일러바치는 아이의 눈물을 닦아주고, 연인을 향한 그리움을 자제하느라 입가를 훔쳐 주고, 열정을 숨기느라 몸을 휘감는 또 다른 몸이었다.

그뿐인가. 짝사랑하다 죽은 총각의 상여도 황진이의 치마가 덮어주었고, 귀양 가 있는 지아비에게 절절한 연심을 보낸 것도 아내의 치마였다. 그것은 감히 창을 가린 커튼에 비할 것이 아니었다. 절실하고 뼈 아픈 언어였고, 메시지였다.

"빠르돈(미안합니다)."

옆에 앉은 사람이 나의 치마에 상그리아를 쏟은 모양이었다. 나는 손을 저으며 괜찮다고 말하고 치마를 털었다. 치맛자락을 열어 액체를 털어내는데 뜬금없이 된장 생각이 왜 났을까. 이를테면 저 무희가 플라멩코 치마를 입고 저녁상을 차리는 거다. 된장을 보글보글 끓여 놓고 치맛자락을 허벅지까지 살짝 올리며,

"여보, 식사하세요."

하면 그녀의 호세가 붉은 망토를 휘날리며

"알았소, 같이 먹읍시다."

하다가, 아이쿠, 그녀는 치마에 걸려 넘어지고 호세 역시 망토를 덮어쓰고 넘어진다면?

나는 속으로 웃음을 삼키며 내 몫의 상그리아를 한 모금 마셨다. 우리 삶이 저 무희의 치마폭처럼 자유로우면 얼마나 좋을까. 바람을 가득 안았다가 뱉었다가, 마음을 휘휘 감았다가 풀었다

가, 언제든지 나에게로 돌아와 다시 꽁꽁 싸맬 수도 있다면?

　귀국해서 보니 집시치마는 입을 일이 별로 없어 보였다. 코 앞 슈퍼에 떨쳐입고 콩나물을 사러 갈 형편도 아닐뿐더러 몸치인 내가 그걸 입고 된장을 끓일 것도 아니었다. 그렇더라도 나는 치마를 잘 간직해 두기로 했다. 혹, 아는가. 어느 날 내 안의 집시 기질이 부스스 발동하여 산 넘고 바다 건너 지중해안 어디 집시촌을 헤매게 될지? 네르하의 치마는 장롱 속 깊은 곳으로 들어갔다.

욕망

밥

공원 한쪽에 빨간 차가 도착했다. 소방차가 아니다. 밥차다. 머리에 흰 수건을 쓰고 앞치마를 두른 봉사자들이 차에서 내린다. 사람들이 기다렸다는 듯이 줄을 선다. 삽시간에 줄은 기역자를 이룬다.

봉사자들의 손은 재바르다. 건장한 남자들이 밥솥과 찜통을 나르면 팔 힘 좋은 여자들이 밥주걱을 꺼내 든다. 주로 키 큰 여자들은 국을 푸고 키 작은 여자들은 반찬을 담는다.

밥을 먹으려는 사람들도 바쁘기는 매한가지다. 줄을 서고 자리를 지켜야 한다. 나물국인가 고깃국인가도 관심이 있고, 마른 반찬이 무언지도 궁금하다. 화장실에 가고 싶어도 조금 참기로 한다. 온 신경이 밥으로 치닫는다.

그들은 서로 모르는 사람들이다. 그러나 식판을 주고받는 사이 어렵지 않게 공통점을 발견한다. 이를테면 '밥주걱!' 하면 흥부의 볼기짝을 후려친 놀부 마누라를 연상한다. '밥!' 하면 젊은 한때 미치광이처럼 헤매다 돌아와 이불 깔린 아랫목을 발로 찼을 때 뚜껑 열리며 반겨주던 어머니의 밥과 그 어머니 죽은 후 며칠 안 가 배가 고파 숟가락을 들었던 치욕스러운 밥을 기억해 낸다.

　　밥은 그런 것이다. 아침밥을 든든히 먹고 출근하면 신경질 내는 상사조차 덜 노여운 것이 밥이고, 부부싸움 끝이라도 일찍 일어나 시원한 북엇국에다 김 오르는 밥 슬그머니 밀어주면 속이 풀리는 것이 밥이다. 오죽하면 지금도 아프리카 여인들은 밥솥이 미어지게 밥 한번 실컷 해 보는 게 소원이라고 했겠는가.

　　와자지껄해서 돌아보니 식판을 든 남자가 반찬 담는 여자와 언쟁을 벌이고 있다. 꽁치 한 토막 더 달라고 했다가 거절을 당한 모양이다. 남자는 그깟 꽁치 한 토막쯤 더 주면 어떠냐는 것이고 여자는 골고루 나누어야 한다는 설명이다. 남자는 여자가 야박하고, 여자는 남자가 꼴 같지 않다.

　　남자가 드디어 식판을 팽개친다. 그러나 서 있는 줄만 당겨질 뿐 성난 남자에게는 아무도 관심이 없다. 남자의 잘못이다. 애꿎은 밥만 손해 보지 않았는가. 치욕은 순간이지만 밥은 그 어떤 것보다 힘이 세다. 청상에 남편을 잃어 땅에 묻고 돌아온 며느리에게 치매기 있는 시어머니는 밥 안 주고 어디 갔다 왔느냐고 화 내더라지 않던가.

봉사자도 심했다. 꽁치가 안 되면 무라도 한 쪽 더 얹어주지. 밥은 곧 살아있음의 증거인 것을. 높거나 낮거나 잘났거나 못났거나 먹어야 사는 것이 밥인 것을.

껌과 초콜릿

여자에게 있어 자식은 거울이다. 거울을 통해 자신을 살펴보는 계기가 된다. 좋지 않은 습관이면 더욱 그러하다.

나는 대체로 번거로운 일은 손익에 관계없이 하지 않으려 드는 편에 속한다. 그중 하나가 음식을 입 안에 오래 두지 못하는 습성이다. 당연히 껌도 오래 씹어본 일이 없다. 군것질을 가까이 하지 않는 편이라 평소 껌을 즐기지도 않지만 어쩌다 씹게 되면 단물이 제거되는 선에서 뱉게 된다. 한 걸음 더 나아가 옆 사람이 오래 씹고 있는 것도 불편할 때가 있다. 젊은 날 아직 뱉을 의사가 없는 남편에게 휴지를 내밀었다가 "민주국가에서 껌도 내 마음대로 못 씹느냐."는 항의를 받아 머쓱했던 적이 있다.

생활습관이 삶의 가치 또는 살아가는 방법과 밀접한 관계가 있음을 알게 된 것도 자식을 통해서이다. 내 아이들 역시 나를 닮아 씹기보다는 마시거나 삼키는 것을 좋아하는 것이다. 껌 하나도 오래 씹는 법이 없다. 껌이 왜 껌이겠는가. 꼭, 꼭 씹으라고 껌이 아니겠는가.

게으른 딸은 양말 신기 귀찮아서 도넛 사러 가는 것을 포기하고, 산만한 아들은 시험 칠 때 뒷면에 있는 문제는 보지도 못한 채 반 토막 점수를 받아온다. 저학년 때는 73-18이라는 산수 문제에서 생각하기 귀찮은 나머지 8에서 3을 빼고 70에서 10을 빼고 만 적도 있었다. 매사를 주스 마시듯이 아이스크림 핥듯이 처리하여 삶에서 필요한 갈등과 고민이 배어나오지 않는 것이었다.

내가 새삼 아이들에게 '껌의 철학'이 필요함을 깨닫게 된 것도 이 무렵부터이다. 언젠가부터 할아버지 세대의 '질겅질겅 씹기'를 주목하게 된 것이다. 그들은 껌이 생기면 그것을 씹고 또 씹고 하루 종일 씹고도 아쉬워서 상 밑에 붙여 두었다가 이튿날 다시 떼어서 씹었다. 그것이 저력이 되어 1.4 후퇴 때는 홀홀 단신으로 국제시장 장사치가 되어 눈보라가 휘날리는 바람 찬 흥남부두로 동생을 찾아 나설 수 있었던 것이 아닐까.

서양으로 넘어가면 초콜릿이 등장한다. 초콜릿은 씹거나 입 안에서 부수어 먹는 것이 아니다. 혀 위에 올려놓고 달래듯이 녹여서 먹는 음식이다. 이 또한 끈기와 인내를 요하는 과정이다.

보기와 달리 서구인들이 한국인보다 인생을 '달래듯이' 사는 것이 아닐까 생각될 때가 있다. 한국인들이 분수에 넘치게 값비싼 선물을 주고받는데 비해 그들은 대부분 꽃과 초콜릿을 정성껏 싸서 선물한다. 따라서 용도에 따라 온갖 종류의 초콜릿이 개발되어 있고, 꽃 또한 다르지 않다. 단순히 음식 이상의 낭만과 사랑의 이미지가 덧씌워져 있는 것이다.

모나코에서의 초콜릿 경험은 특이한 것이었다. 우리로 치면 예술학교 무용전공 학생들의 기말고사쯤 되는 시험으로 외부인들에게 공개하는 것이 관례였다. 당연히 입장료는 없었다. 그러나 손님들은 성장을 하고 참석하는데, 손에는 장미와 초콜릿이 들려 있었다. 자기가 좋아하는 학생에게 선물로 주기 위함이었다.

학생들의 공연은 진지했고, 평가교수들 뒤에 앉은 손님들 또한 그에 못지않게 엄숙했다. 끝난 후의 포옹과 선물. 어떤 이는 장미꽃을, 또 어떤 이는 초콜릿을, 다른 이는 주말 식사에 초대하는 모습도 보였다.

나는 초콜릿을 준비했는데 내가 주목한 땀투성이의 어린 소녀는 지치고 피곤한 모습이었다. 건네주는 초콜릿을 너무나 고마워하며 포장을 뜯더니 그중 한 개를 집어 들었다. 입 안에 넣어서 다 녹일 때까지 거의 5분이나 걸리지 않았을까. 세상에서 가장 소중한 보물을 다루듯이 초콜릿에 집중하는 모습이 그 또한 나에게는 혼을 투입한 짧은 공연처럼 느껴졌다.

소녀는 온 신경을 혀 위에 있는 초콜릿으로 모은 다음 시간을 잊고 천천히, 그 속으로 녹아드는 것처럼 보였다. 마치 해방 후 이모나 외삼촌들이 껌 하나를 손에 넣게 되면 하루 종일 축복처럼 입 안에 간직했던 것과 같았다. 나는 그 모습에서 예술을 향한 끝없는 여정과 기다림과 끈기를 보았다. 섣불리 삼키지 않고 부수지도 않으며, 충분히 녹을 때까지 적응하고 인내하는 모습이 인상적이었던 것이다.

오늘 아침 빨랫감을 챙기다가 아들의 주머니에서 휴지에 싼 껌을 발견했다. 스스로 버린 것인지 여자 친구의 종용에 의한 것인지 고개를 갸웃거리다 보니 미소가 지어졌다. "민주국가에서 껌도 마음대로 못 씹느냐."던 그의 아버지의 모습을 보는 듯했기 때문이다.

한편으로는 정성껏 초콜릿을 녹이던 모나코의 어린 소녀도 생각났다. 소녀는 곧 조금 전 어느 일간 신문에서 본 40대의 한 발레리나의 얼굴과 겹쳐졌다. 그녀는 인터뷰 도중 혹독한 연습으로 상처투성이가 된 자신의 물갈퀴 발을 공개하며 자랑스럽게 웃고 있지 않던가!

구석방

'오버 더 펜스Over the Fence' 라는 말이 있다. 담 너머가 좋아 보인다는 뜻이다. 나는 어렸을 때부터 외동딸이 부러웠다. 형제 많은 집에서 네 것 내 것 구분 없이 어수선하게 자라왔기 때문일 것이다.

형제뿐인가. 당시는 시골에 사는 친척들이 자식들을 공부시키려고 도회지 친척 집에 맡기는 것이 다반사였다. 우리 집에도 형제 외에 같은 또래의 남자아이나 여자아이가 늘 있었다. 이종사촌이 끝나면 고종사촌이 들어오고 연이어 육촌이 들어왔다. 남자, 여자 두 명이 겹칠 때도 있었다. 자질구레한 트러블은 있었으나 큰 다툼은 없었다. 통념이란 무서운 것이어서 좋은 때나 나쁜 때나 그러려니 하고 지냈던 것 같다.

외동딸 친구가 생긴 것은 초등학교 저학년 무렵이었다. 그 아이는 얼굴도 예쁜 데다 머리 장식이 특히 예뻤다. 내가 먼저 접근했고 우리는 금세 친구가 되었다. 그 아이의 집에 놀러 갔을 때 엄마한테도 나는 반했다. 맵시도 고운데다가 사람을 끄는 묘한 분위기가 있었다. 내 엄마한테 없는 향기 비슷한 것도 느껴졌다.

무엇보다 나는 그 아이의 방이 부러웠다. 태어나서부터 한 번도 내 방을 가져본 적이 없는 나로서는 초등학생 여자아이가 온전히 자기만의 방을 가진 것이 너무 근사해 보였다. 방은 깨끗했고, 아기자기했다. 책상 위에는 꽃병이 있었고, 책꽂이에는 위인전과 동화책이 전집류로 꽂혀 있었다.

나는 매일 그 집에 가서 책을 읽었다. 그 아이가 없을 때도 나 혼자 오랫동안 책을 읽었다. 읽으면서 나는 간절히 나만의 방을 소망했다. 어른이 되면 손바닥만 한 구석방이라도 좋으니 반드시 나만의 방을 가지리라 다짐했다.

외동딸 친구는 나와 반대로 식구 많은 우리 집에 놀러오기를 좋아했다. 나의 남동생들과도 잘 어울렸다. 그것이 우리가 헤어지는 계기가 될 줄은 꿈에도 생각 못 한 일이었다. 남동생과 뒤뜰에서 소꿉을 놀던 중 그 아이 입에서,

"오늘은 수요일이니까 아빠 오시는 날로 하자."

"알았어."

아빠 역할을 맡은 남동생이 대문을 열고 들어오는 장면을 눈여겨보던 엄마로부터 그 아이의 엄마가 첩인 것이 밝혀진 것이었다.

우리는 그 아이와 더 이상 놀 수 없게 되었다. 아버지까지 나서서 같이 놀지 말라는 바람에 우리의 친구 관계는 끝이 나고 말았다. 나는 그때 상처를 입었다. 나쁜 사람들이 왜 그토록 매혹적인지 혼란스러웠고, 무엇보다 그 아이의 예쁜 방에 놀러 갈 수 없음이 아쉬웠다.

결혼을 하고, 나에게도 구석방이 하나 생겼다. 시댁에서 아들의 결혼을 앞두고 살던 집을 헐고 그 땅에 새집을 지으면서 북쪽 귀퉁이에 '비밀의 방'을 하나 넣었던 것이다. 총감독을 맡은 외백부님의 탁월한 안목이었다. 그야말로 손바닥만 한 구석방이었다. 가구라야 침대와 책상이 전부였다.

그 방은 시어머니와 내가 주로 사용했다. 시할머니까지 4대가 모여 사는 집이라 구석방은 우리에게 숨통이었던 셈이었다. 어머님은 주로 그 방에서 토막잠을 주무셨고, 나는 신문을 읽거나 차를 마셨다. 그 짧은 '혼자 있음'이 그렇게 좋을 수가 없었다. 새집이라 햇빛도 잘 들고 방도 여럿이었지만 득실거리는 사람들

속에서 우리에게는 빛도 안 드는 은밀한 그 방이 최고의 안식처였다.

어느 날 구석방에 침입자가 생겼다. 남편이었다. 간 수술 후 남편에게는 잠 못 이루는 밤이 계속되었다. 퇴원하자 바로 구석방으로 직행했다. 안채로부터 떨어져 있어 수면 몰입도가 높지 않겠느냐는 판단이었다.

판단은 어긋났다. 그 방에서도 그는 거의 잠을 못 잤다. 궁여지책으로 내가 지압을 익혔는데, 남편은 나의 지압을 편안해했다. 전신 지압보다 발 지압을 선호했다. 침대 발치에 앉아 남편의 두 발을 무릎에 올려 놓고 발바닥을 중심으로 혈을 따라 지긋이 눌러 주면 잠깐이나마 깊은 잠에 빠지곤 했다. 발은 우리 몸의 모든 장기와 연결이 되어 있기 때문이었다. 나는 틈만 나면 구석방을 찾아 남편의 발을 다스렸다.

사달이 났다. 시이모님께서 결혼한 딸들까지 대동하고 병문안을 오셨는데 침대에는 내가 곤히 잠들어 있고 환자는 의자에 앉아 있는 것이 아닌가. 지압하다가 발을 끌어안고 나도 모르게 잠이 들었던 모양이었다. 잠은 거짓말을 못 하는가 보았다. 남편이 잠을 못 자 그 고생을 하는 와중에도 나는 잠을 못 이겨 남편을 침대에서 쫓아낸 형국이었으니 말이다.

어쩌면 구석방이 나한테는 피신처였는지도 모르겠다. 층층시

하에, 아픈 남편에, 아이까지 달린 여자가 하루 온종일 집 안 곳곳을 맴돌다 돌아온 구석방, 발치에 앉아 남편의 발을 잡으면 잠부터 쏟아졌던 게 사실이었다. 참으로 황당하고 어이가 없는 일이었다. 잠의 배반이었다. 남편은 고슬고슬 잠에 빠진 아내를 보며 어떤 생각이 들었을까. 살그머니 침대에 뉘어 놓고 자신은 의자에 앉아 무슨 생각을 했을까.

세월이 흘러 이제 나는 온전히 나만의 방을 가지고 있다. 어린 시절과 젊은 날에 그토록 소망했던 방보다 훨씬 크고 넓은 공간이다. 그러나 이 방은 공간의 개념을 벗어나지 못한다. 빛 잘 들고 안락한 생활공간일 따름이다. 내 마음속의 방은 인어공주와 나이팅게일이 있던 외동딸 친구의 방이며, 남편의 발을 가슴에 부여안고 쏟아지는 잠과 치열하게 싸우던 구석방이다.

짜릿하고 가슴 뛰던 그 방들은 이제 모두 나에게서 떠나갔다. 어쩌다 꿈결처럼 그 방들을 떠올릴 때면 메마른 가지가 빗물을 머금듯 가슴 한쪽이 젖어 들면서 그리움인지 회한인지 목이 메기도 한다.

유채꽃 단상

산책 중에 유채밭을 보았다. 공원 옆, 마을 입구이다. 작년까지만 해도 서자처럼 버려진 땅에 배추, 무, 고추 같은 것이 심어져 있었다. 정성스럽게 가꾸는 것 같지는 않았다. 밭 주인은 거의 눈에 띄지 않았고, 작물은 제멋대로 자라거나 말라 비틀어지거나 혹은 죽었다. 밭둑을 걷다 보면 콩이 깍지에서 흘러나와 굴러다니는 것이 보였다.

몇 년 전에는 밭 근처에 미술관이 들어선다고 떠들썩했던 적도 있었다. 집값, 땅값이 잠시 요동쳤으나 입찰과정에서 부산에 밀려나는 바람에 입맛만 다신 꼴이 되고 말았다. 이도 저도 안 되니 어느 머리 좋은 공무원이 유채밭 아이디어를 떠올렸나 보았다. 들판을 노랗게 물들이는 유채꽃은 전시효과가 탁월했다.

말도 많고 탈도 많던 원주민의 삶을 한방에 밀어내고 상춘객들을 유혹하고 있었다.

유채밭은 넓고 크다. 사람들은 왜 진즉에 이렇게 하지 않았느냐고 하며 반기는 눈치다. 그러나 나는 그 유채밭이 반갑지만은 않다. 내 땅도 아닌 남의 밭을 두고 왈가왈부할 수는 없는 노릇이나 대한민국은 민주국가이니 낮은 목소리로 조용히 투덜거려 볼 수는 있을 것이다. 들어보시라.

유채는 본래 화초가 아니다. 채소이다. 자료에 의하면 중국 명나라 시대 식용으로 조선에 들여온 것이라 한다. 경상도 지방에서는 유채를 '시나낫빠'라고 부른다. 이를 두고 시나낫빠를 경상도 사투리라고 하는 사람들이 있는데 나는 일본말이라고 주장하는 쪽에 손을 든다. 논리적 근거로 '시나'는 중국을 일컫는 일본어이고, '낫-빠'는 잎을 먹는 채소를 뜻하기 때문이다. 아마도 시나낫빠는 '중국에서 온 잎을 먹는 채소'라는 뜻이 아닌가 한다.

실제로 시나낫빠는 이른 봄 꽃이 피기 전에 뜯어서 겉절이를 많이 해 먹는다. 고깃집에서는 서비스 반찬으로 나오는 단골 메뉴이다. 잎은 달큰하고 줄기는 고소하다. 고춧가루와 깨소금, 마늘 양념에다 참기름 한 방울 떨어뜨려서 버무리는데, 묵은 김치가 질릴 때쯤이라 입 안이 개운하다. 여인네들이 가족 모임이라도 주선한다면 시누이, 올케끼리 양푼에다 밥 쏟아붓고 쓱쓱 비벼 먹기도 한다.

그런데 이 시나닛빠가 언젠가부터 유채꽃으로 변신을 했다. 남새밭을 버리고 들로 뛰쳐나간 것이다. 지자체마다 밭을 갈아엎어 유채를 심는 바람에 봄이 오기 무섭게 곳곳에서 유채꽃이 설쳐댄다. 사람이 몰리고, 돈이 되기 때문이다. 콩밭 메던 순이가 호미를 던지고 도회지로 나간 격이다. 여인네들도 양푼을 버리고 유채밭으로 달려간다. 커피도 있고, 솜사탕도 있고, 사진도 찍을 수 있다.

나의 염려는 이렇게 되면 먹거리에 대한 경외감은 어디서 찾나 하는 점이다. 먹거리는 생명과 이어져 있다. 우리나라같이 작은 나라에서 비행기로 농약을 뿌리는 큰 나라와 대적하여 소규모의 농사라도 붙잡고 있으려 안간힘을 쓰는 이유는 그것이 국민의 기초 생활과 관련이 있기 때문일 것이다. 나는 만약 우리 아이들이 마당 한쪽에 벼나 보리를 화초처럼 키운다면 혼을 낼 것 같다. 그것들은 완상용이 아니라 우리의 기본적인 먹거리이다. 먹거리는 먹거리로서의 예우가 필요한 것이다.

나는 시나닛빠가 유채꽃이 된 것이 못내 서운하다. 채소가 바람이 나서 화초가 된 것 같은 배신감이 드는 것이다. 저 아니라도 봄에는 온 세상이 꽃 천지인데 구태여 저까지 보탤 필요가 어디 있는가 말이다. 채소는 채소의 본분이 있는 법이다. 잎과 줄기를 기름지게 키워 기꺼이 식용으로 효용되는 일이다. 게다가 시나낫빠가 화초가 되려면 잎과 줄기를 아껴두어야 한다. 꽃을 피워야 하기 때문이다. 이는 마치 아기 엄마가 몸매 유지를 위해 아기에게 젖을 안 먹이는 것과 무엇이 다른가. 내가 유채꽃을 화류계로 치부하는 이유이다.

유채꽃을 보면 생각나는 소녀가 있다. 새댁 시절 아래채에 세들어 살던 정매네 집 이야기다. 정매네는 서문시장에서 포목점을 했는데, 친척뻘 되는 화야라는 소녀를 아기보기로 데리고 있었다. 화야는 일찍 부모를 잃어 고아와 다름없었다. 정매네는 화야를 가엽게 여겨 때가 되면 시집 보내 주겠노라고 월급 외에 별도 통장까지 만들어 주고 있었다. 화야 역시 정매네를 부모처럼 따르고 신뢰하였다. 세 살 난 정매도 업어 키우고, 잔심부름도 게을리하지 않았다.

사건은 화야한테 남자가 생기면서부터 일어났다. 정매가 잠든 사이에 시장 다녀오겠다고 나간 화야는 아이가 깨서 내가 한참을 데리고 있는 동안에도 돌아오지 않았다. 어쩌다 한 번인가 싶던 그 일은 차츰 횟수가 잦아지더니 엉뚱한 데서 터져버렸다. 동네 약국 여자의 입에서 화야가 자주 수면제를 사 간 것이 밝혀진 것이었다. 화야는 간 크게도 남자를 만나러 갈 때마다 아이에게 수면제를 먹여왔음이 드러났다. 겨우 세 살 난 아이에게 말이다. 정매네가 연탄집게를 들고 소리소리 지르며 난리를 치는 바람에 화야는 통장도 못 건지고 쫓겨나고 말았다. 오랜 세월이 흐른 후 나는 예기치 못한 장소에서 화야를 보았다. 생선가게 옆, 선술집에서였다. 한여름이라 문을 반쯤 열어놓은 채 남자들에게 술을 따르고 있었다. 나는 한눈에 그녀를 알아보았지만 그녀는 나를 모르는 것 같았다. 대낮인데도 취해 있었기 때문이다.

공원 옆 유채밭에서는 지금 한창 젊은이들이 사진을 찍고 있다. 봄 치마를 입은 소녀들은 꽃잎처럼 나풀거리고, 무스를 바른 소년들은 연신 벙글거린다. 좋을 때다. 누구에게나 지구가 자신을 중심으로 도는 줄 아는 시기가 있으니까. 나는 다만 저들이 시나낫빠도 기억해 주었으면 좋겠다. 시나낫빠의 쓰임을 잊지 말았으면 좋겠다. 시나낫빠는 먹거리로도 훌륭하고, 씨를 통해 기름을 짜기도 한다. 저들을 위한 향수를 만들 수도 있다.

화야도 시나낫빠였을 때는 쓰임이 좋았다. 청소도 잘하고, 애도 잘 보고, 반짝반짝 냄비도 잘 닦아 놓았었다. 사고만 없었으면 지금쯤 성실한 신랑 만나서 참한 살림꾼이 되어 있으리라. 어쩌다가 그녀는 선술집까지 흘러들게 되었을까. 아이에게 수면제까지 먹여가며 달려갔던 그 남자와는 그 후 어떻게 되었을까.

유채꽃을 보며 이런저런 생각에 잠긴 사이 짧은 봄은 꼬리를
흔들며 멀어져 가고 있다.

갑을_{甲乙} 놀이

작금의 한일^{韓日} 사태를 보며 드는 생각은 세상이 참 공평하지 못하다는 것이다. 굳이 공평하다고 우기는 사람이 있다면 그는 신에 가깝거나 대책 없이 순진한 사람임에 틀림없다. 누구도 시대나 국가를 선택해서 태어날 수는 없다. 그것은 마치 백두산 천지에서 떨어지는 물방울이 떨어지는 순간의 몇 초 차이로 압록강을 타고 서해로 흐를 수도 있고, 두만강을 타고 동해로 흐를 수도 있는 것과 같은 이치다. 그런데 지금 한국과 일본의 상황은 어떤가.

하드웨어로 볼 때 일본은 한국의 2배에 가까운 면적에다 3배에 육박하는 인구를 가지고 있다. GDP는 세계 3위이다. 한국은

11위이다.

소프트웨어는 어떨까. 개화 이전부터 호시탐탐 조선을 침략한 일본은 1910년부터는 아예 식민지로 통치했다. 36년간이다. 경제를 수탈했고, 문화를 말살했고, 징병을 강요했다.

그런가 하면 한국은 단 한 번도 일본을 침략한 적이 없다. 그럴만한 힘이 없었다고 해야 옳을 것이다. 한반도 끄트머리에 외버선처럼 아슬아슬하게 매달려 심심풀이 삼아 건드리는 일본에 대응하기에도 바빴다. 방어만도 허겁지겁 숨이 차서 자체 힘을 기를 겨를도 없었다. 침략은 일본의 일방통행이었다. 이 얼마나 불공평한 상황인가.

가정에서도 마찬가지다. 네 살, 다섯 살의 외손자를 보자. 아이들을 보면 인생은 진정 랜덤Landom이라는 생각이 든다. 누구도 부모나 순서를 선택해서 태어날 수는 없다. 본인들의 의사와는 무관하게 첫째와 둘째로 태어나는 것이다.

첫째는 외모도 준수하고 눈치도 빨라서 어른들의 총애를 독차지한다. 사돈 내외는 특히 첫째를 총애하여 맛난 것이나 좋은 게 있으면 무조건 첫째를 우선하는 경향이 있다. 당연히 집안에서는 첫째가 갑이다.

둘째는 덩치가 크고 힘도 세나 다소 느리다. 한 번은 내가 백화점에서 아이언맨 티셔츠를 사는데 한 개밖에 없어서 싸움이

나면 어쩌나 걱정이 되었다. 기우였다. 둘째는 첫째가 새 옷을 입고 아이언맨 흉내를 내며 좋아하는 모습을 멀뚱멀뚱 쳐다보고만 있었다. 한 개밖에 없으니 당연히 형 것으로 이해한 모양이었다. 저절로 을이었다.

반격이 일어났다. 놀이터에서 첫째가 바지에다 오줌을 싼 날이었다. 할머니가 둘째의 바지를 벗겨 첫째에게 입히고 둘째는 아랫도리를 타월로 대충 감은 채 집으로 데리고 왔다. 집에 도착하자마자 둘째가 엄마의 목을 감고 울음을 터뜨렸다. 설움에 겨워 꺽꺽 소리를 내며 울었다. 놀란 첫째가 바지를 얼른 벗어 둘째에게 주었으나 완강히 팽개쳤다. 할머니도 당황하여 "얘가 왜 이래. 얘가 왜 이래." 말렸으나 들은 척도 하지 않았다. 상심과 분노가 컸던 모양이었다.

저녁을 먹은 후 반격 제2탄이 벌어졌다. 첫째가 소파에 앉아 TV를 보고 있는데, 둘째가 옆에 바짝 붙어 앉았다. 첫째가 조금 옆으로 비켰다. 둘째가 따라가며 엉덩이로 밀었다. 첫째가 조금 더 밀려났다. 둘째가 이번에는 다리를 들어 형을 소파 끝까지 쓰윽 밀어버렸다. 쫓겨난 첫째가 울면서 외할머니인 나한테 이르러 왔다. 나는 말없이 첫째를 안았다 그러나 둘째를 나무라진 않았다. 녀석이 나를 향해 싱긋 웃는 모습을 보았기 때문이다.

이제 알겠다. 어쩌면 세상은 공평할는지도 모른다. 공평은 신의 영역이지 인간의 영역이 아니라는 나의 생각이 틀렸을 수도 있겠다. 랜덤의 탄생 자체가 공평의 시작일 수도 있지 않은가. 태어날 때 부모나 순서를 선택할 수 있다면 세상의 질서가 유지될 수 있겠는가. 어쩌면 우리 삶은 인간의 영역이 아닌 것으로 인해 조율되고 빛나는 것이 아닐까.

개인이나 국가 간에 힘이 우선하는 건 피할 수 없는 현실일 것이다. 힘이 있어야 대화도 되고 평화가 유지된다. 축구 경기에서 방어만 하는 팀을 상대팀은 어떻게 생각할까. 신神조차도 하품을 하며 리더를 불러 경기의 묘미를 살리라고 타이르지 않겠는가.

나는 오늘 뜻밖에도 어린 외손자들에게서 공평의 논리를 터득했다. 갑은 언제까지나 갑이 아니었고, 을 또한 영원한 을이 아니었다. 둘은 용감했다. 공평을 지켰다. 분노한 을이 통쾌하게 다리를 들어 한 방 먹이니 갑이 슬그머니 꼬리를 내리지 않던가.

금金

페르시아만 남동쪽 해안에 위치한 두바이는 아랍에미리트의 최대 도시이다. 2000년 이후 최고층 건물과 인공섬을 개발하여 세계의 주목을 받고 있지만 정작 이 도시를 방문하는 관광객이 놀라는 것은 금金 때문이다. 그들은 도처에 금을 녹여 발라 놓았다. 왕궁을 본뜬 호텔에 들어가면 천장뿐 아니라 초상화, 심지어는 화장실까지도 금박을 입혀 놓았다. 금가루를 뿌린 카푸치노 커피도 있다. 하다하다 이제는 음식에까지 금가루가 침범하고 있는 것이다.

내가 금金을 처음 접한 것은 중학생 때 읽은 그리스 신화를 통해서이다. 신화에 나오는 미다스 왕은 금을 너무 좋아한 나머지 손에 닿는 것은 무엇이든 금으로 변하게 해달라고 신께 빌었다. 굴러다니던 돌, 발에 깔린 잔디, 사과나무에서 딴 사과가 모두 금으로 변하자 미다스는 기쁨에 들뜬다. 하지만 그를 반기는 왕비와 공주마저도 금으로 변하는 것을 보고는 다시 신을 찾아가 이 재난으로부터 구해달라고 애원했다는 이야기다.

이 이야기는 내가 중학생이었을 때의 영어암송대회용 원고이기도 했는데 지금은 미다스가 신을 향해 "골드, 골드, 아이 러브 골드!" 하고 외치던 장면만 기억에 남아있다.

어른이 되어 구체적으로 내가 금과 인연이 닿은 것은 첫아이를 낳았을 때다. 시어머니께서 고생했다고 하시면서 거금을 들여 한 냥짜리 금 노리개를 장만해 주셨다. 한복 입을 때 저고리 앞섶에 사용하는 장식품이었다.

귀한 물건이라 나는 그것을 소중히 간직했는데, 어느 날 집 안에 도둑이 들어 폐물 일체를 잃고 말았다. 경제적 손실도 적지 않았지만 제대로 사용해 보지도 못한 채 도둑을 맞아 그때의 그 사건은 충격이었다. 어쩌면 나라는 인간은 평생토록 금하고는 인연이 먼 사람이 아닌가 싶기도 했다.

생각해 보면 금에 대한 욕망이야 어찌 미다스 왕이나 나뿐일까. 금은 연성이 뛰어나 세공하기 쉽고, 광택이 변하지 않으며, 희소성이 높기 때문에 오래전부터 소중한 재물로 여겨져 왔다.

마르코 폴로나 콜럼버스의 신대륙 발견에 대한 원동력도 바로 황금을 향한 욕망이 아니겠는가. 황금의 가치가 재물이든 허영이든 심지어 사랑이든 그것은 인간의 원초적 욕망에 기초한다고 봐야할 것이다. 그 욕망이 4000년이 지난 지금까지도 이어져 화장실과 초상화에까지 적용되고 있는 것이 아닐까.

금가락지도 하나 없는 여자가 금가루 커피를 마주하고 앉아 있다. 두바이의 팰리스 호텔에서다. 팰리스palace라는 이름에 걸맞게 축구장 1400개를 펼쳐놓은 방대한 면적에는 주민은 보이지 않고 관광객들만 북적거린다. 금박을 입힌 천장을 보고 입을 딱 벌리다가 왕의 금초상화 앞에서는 앞다투어 단체사진을 찍는다.

커피 값은 모른다. 여행사 쪽에서 교묘하게 옵션으로 묶어 놓았기 때문이다. 이래저래 거품 같은 호사를 누린 일행은 나가기 전 한 번 더 금빛이 번쩍거리는 화장실을 다녀오기 위해 마지막 한 방울까지 금가루 커피를 비우고 일어난다.

착각

패닉이다. 대한민국 제2 선출직이라는 서울 시장의 자살소식이다.

나는 그와 일면식도 없는 지방도시의 평범한 시민이다. 무슨 대단한 이념론자도 아니며, 그의 정치적 지지자는 더욱 아니다. 그럼에도 그의 죽음이 이렇게 충격적인 것은 사인死因이 여비서의 성추문 고소 사건이라는 의혹 때문이다. 그에게 무려 4년 동안이나 성추행을 당했다고 고소를 한 것이다.

뉴스를 접하자 나는 심한 배신감으로 맥이 탁 풀렸다. 기분이 나빠졌다. 그가 누구인가. 인권 변호사이고, 성평등 운동가이며, 자칭 타칭 21세기의 페미니스트가 아닌가.

그는 정계에 입문하기 전부터 인권 변호사와 사회운동가로 활동했다. 한국의 시민운동을 대표하는 인물 중 한 사람으로서 참여연대를 설립했고, '아름다운 재단'과 '아름다운 가게'를 운영했다. 나눔 운동의 실천이었다.

그는 서울대 우조교 성희롱 사건과 부천 권인숙 성고문 사건에서 피해자를 변론했다. 여성 국제 전범 법정에서는 일본군 위안부를 위한 대한민국 측 검사이기도 했다.

그는 특히 남성의 무책임한 성인지감수성을 꼬집어 우조교 성희롱 사건 고소장에 "호숫가에서 아이들이 장난 삼아 던진 돌멩이로 개구리는 치명적인 피해를 입는다."는 말을 남긴 일화로도 유명하다.

그에 앞서 성추문사건에 휘말린 동료 정치인을 두고는 "남자로서 인간으로서 서울시장으로서 무거운 책임감을 느낀다."고 말했고, 진실은 영웅 한 사람의 의지만으로는 밝혀질 수 없다면서 미투운동이야말로 용기있는 행동이라고 추켜 세웠다. 그렇게 높고 훌륭한 생각을 가진 그가 왜 자신이 그토록 죄악시한 성추문에 휘말려 스스로 생을 마감했단 말인가?

제자와의 성추문에 말린 L의 남편이 생각난다. 미술대학 교수였는데, 작업실에서 단서를 잡은 L이 정리를 하라고 간곡히 호소했으나 남편이 말을 듣지 않았다. 결국 대학본부에 알려지고 제자의 부모까지 나서 파면에 이르게 되자 남편이 했다는 말이 기가 막혔다. '괜찮을 줄 알았다'는 것이었다. 제자와의 불륜이 어떻게 괜찮으냐는 아내의 추궁에 교수라는 남편이 하는 말이 '여태껏 괜찮아오지 않았느냐'였다고 했다.

괜찮을 줄 알았다. 괜찮아 오지 않았느냐. 이것이 해답이었다. 나는 L의 남편에게 묻고 싶었다. 여동생이나 딸에게 그런 일이 생겨도 괜찮으냐고. 여동생이나 딸이 지도교수에게 그런 일을 당해도 괜찮으냐고. 나는 끝내 묻지 못했다. 그는 파면당했고, 그들은 결국 이혼을 했기 때문이다.

모든 인간은 다면적이다. 죽을 때까지 누군가에게 설렘을 가질 수 있다면 그것은 축복일 것이다. 공정한 조건에서 발생하는 사랑의 감정이기 때문이다. 그것마저 법이나 도덕이 금하는 것은 바람직하지 못하다.

성추행은 다르다. 그것은 엄연한 범죄행위다. 자기 잠깐 기분 좋으려고 평생을 통해 남에게 씻을 수 없는 상처를 주는 행위다. 서울시장 역시 다른 사람의 성추문에는 남자로서, 인간으로서 부끄러움과 수치심을 느낀다고 말하지 않았는가. 그렇다면 자신의 경우는 예외란 말인가.

그는 혹 자신을 신의 경지에 올려 놓았는지도 모를 일이다. 아니면 스스로 황제인 양 착각했을 수도 있겠다. 황제는 인간이되 수치심이나 부끄러움이 없기 때문이다. 문득 떠오르는 장면이 있지 않은가. "괘념치 말거라." 그의 선배 성추행자가 했던 말이다. 온 세상이 떠들어도 나 정도 되는 남자는 예외일 터이니 괘념치 말거라. 너 정도나 되니까 나의 손이 뻗은 것이니 가문의 영광으로 알고 괘념치 말거라.

그의 평소 소망은 삶의 현장에서 열심히 일하다 결연하게 쓰러지는 것이었다고 한다. 그다운 발상이다. 별명마저도 워커홀릭이었으니 성추문 사건만 없었으면 가능했을 것이다.

그는 '아름다운 재단'을 통해 언론과 연대해서 온갖 아름다운 사회적 사업을 실천하였다. 무슨무슨 운동과 훌륭한 사업들을 벌여 기부문화의 대중화를 시도했다. 남긴 재산마저도 집 한 채 없이 빚만 6억이라니 얼마나 청렴하고 아름다운 일인가.

그러나 그 모든 빛나는 것들은 성추문이라는 그림자에 가려 맥을 못 추게 되어 버렸다. 저승에 가서도 허겁지겁 기자회견부터 해야 할 판이다.

"왜 그러셨습니까?"

"괜찮지 싶어서"

안과 밖

세상을 뜨겁게 달군 고위 공직자의 혼외婚外 아들 사건을 보면서 드는 생각은 우리네 삶이 드라마보다 훨씬 드라마틱하다는 것이었다. 정치, 권력, 사랑, 불륜, 권모술수가 비빔밥처럼 골고루 배합되어 있지 않은가.

젊은 날 내가 살던 아파트 아래층에는 멋쟁이 부인이 살고 있었다. 나하고 동갑이었으나 결혼이 늦어 사십 대 초반에 겨우 첫 아들을 낳았다. 그에 비해 나는 졸업과 동시에 결혼하여 아이를 무려 넷이나 낳은 한심한 여자였다.

우리의 관계는 이유식으로부터 시작되었다. 매일 아침 막내의 하루치 이유식을 만드는 나를 그녀가 먼저 기웃거렸고, 나는 그녀의 수입품 이유식과 슬라이스 치즈를 부러워했다.

그녀는 홈웨어 같기도 하고 파티 드레스 같기도 한 아름다운 옷을 입고 아들에게 이유식을 먹이곤 했다. 어쩌다 내가 만든 이유식을 조금 덜어 가져가면 진심으로 고마워하며 마지막 한 톨까지 알뜰하게 먹였다.

그녀는 결혼 전 언론사의 미국 특파원이었다고 했다. 어쩌다 차 한잔 하자는 전화를 받고 아래층으로 내려가면 우아한 모습으로 AFKN 뉴스를 보고 있었다.

한 번은 커피원두를 금방 갈았다면서 전화가 와서 내려갔더니 미국 드라마를 보는 중이었다. 나는 거기서 나오는 현란한 영어를 접하면서 학교 다닐 때 영어공부에 소홀했던 자신이 부끄러웠다.

TV를 끈 그녀가 드라마의 내용을 요약해서 들려주었다. 성공한 미모의 여주인공이 독신을 고집하는데 아이를 갖고 싶은 것이 문제였다. 의사가 권하는 정자은행은 동물 수정 같아서 내키지 않았다. 궁리 끝에 여주인공은 머리 좋고 잘생긴 혼외 남자를 골라 '사랑으로 빚은 아이'를 가지려 한다는 것이었다. 나는 별 반응을 보이지 않았다. 생소한 주제이기도 했거니와 그녀에게서 뜻 모를 정서적 괴리감을 느낀 것도 사실이었다.

해답은 얼마 후 나타났다. 드라마보다 더 드라마틱한 일이 그녀에게 일어난 것이었다. 아래층에서 고함소리, 기물 부수는 소리가 나서 내려가 보니 본처 식구들이 떼로 몰려와 그녀의 머리끄덩이를 잡아끌고 있었다. 난리도 그런 난리가 없었다. 욕설과 비명에 섞여 아이는 자지러지게 울어댔다.

아파트에서 사라진 후 그녀를 만난 일은 없다. 안으로부터는 끊임없이 밖을 향해 깨금발 하다가 밖에서는 호시탐탐 안을 탐하고 기웃거리던 여인. 안과 밖을 쉼 없이 저울질하며 욕망의 늪을 허우적대던 여인.

재미있지도, 새로울 것도 없는 불륜 뉴스를 접하면서 문득 그녀가 궁금해진다. 어디서 무엇을 하고 있을까. 혼외로 얻은 그녀의 아들은 어떻게 되었을까.

죽순竹筍

울산 태화강 둔치를 거닐다가 입이 딱 벌어졌다. 대나무 숲길 때문이었다. 숲길은 무려 십 리나 이어져 있었다. 하늘을 찌를 듯한 대나무의 숲길이 십 리나 뻗어 있다니!

십리대밭十里竹田은 일제강점기 때 큰 홍수로 태화강변의 논밭이 백사장으로 변하자 한 일본인이 이를 헐값에 사들여 대밭으로 조성한 거라고 한다. 지금은 국유지가 된 대숲의 안쪽은 깊이를 알 수 없는 굴속과도 같다. 숲을 끼고 곧게 난 길을 따라 걸으면 한여름에도 서늘한 기운이 도는데, 뿌리 쪽에서 난 죽순이 기세 좋게 인도를 향해 뻗어 나오고 있다. 우후죽순雨後竹筍이라더니 요 며칠 내린 비 때문인가 보다.

곳곳에 세워 놓은 '죽순 채취 금지' 팻말을 읽다 보니 까마득히 잊고 있었던 기억 하나가 떠올랐다.

신혼 때였다. 결혼 전에 남편과 혼담까지 있었다는 여인이 집으로 찾아왔다. 여자고등학교의 가정선생이라는 그녀는 시어머니에 시할머니까지 모시고 사는 나의 신혼집에 들어서자마자 친척 집에라도 온 듯 스스럼없이 선물 보따리를 풀어 놓았다. 죽순이었다.

나는 좀 의아했다. 상식적으로 신혼집에는 꽃이나 과일, 아니면 케이크 정도가 무난할 것이다. 죽순이라면 전문 요릿집이나 술집 같은 데서나 쓰이는 식재료가 아닌가. 더구나 나는 그녀와는 달리 대학졸업과 동시에 시집을 온 풋내기로서 죽순 요리는 해 보지도, 먹어 보지도 못한 형편이었다.

"지금이 죽순 철이라서요. 연하고 향이 좋아 조금 사 와 봤어요."

어머니에게인지 남편에게인지 교태 섞인 표정으로 말한 그녀는 엉거주춤 서 있는 나를 향해

"죽순 볶음 해 보셨죠? 술안주로 일품인데~. 제가 도와 드릴까요?"

부엌에서는 희한한 광경이 펼쳐졌다. 도마와 칼과 불을 장악한 그녀는 오래된 안주인처럼 분주하게 죽순을 다루는데 정작

주부인 나는 손님처럼 그녀의 왼쪽에 붙었다가 오른쪽에 서 있다가 했다. 그 모습을 본 시어머니와 남편의 난감해하는 표정에서 나는 그녀가 왜 찾아왔는지를 짐작할 수 있었다. 확인하고 싶었던 것이었다. 나보다 자신이 훨씬 세련되고 음식 솜씨까지 좋은 여자라는 것을. 자신이 남편을 놓친 것이 아니라 남편이 자신을 놓친 것이라는 사실을. 그녀는 직접 확인하고, 남편에게도 각인시키고 싶었던 모양이었다.

그녀가 왜 그토록 헤어진 남자의 신혼생활을 눈으로 직접 보고 싶어 했는지는 정신분석가 라캉이 설명한다. 라캉은 오래전부터 "인간은 금지된 것을 욕망한다."고 주장해 왔다.

우리는 누구나 마음속 깊이 천형과도 같은 욕망 덩어리를 끌어안고 있다. 작은 구멍이 뚫려 있는 어느 공사장 외벽에 '들여다보지 마시오' 란 문구가 적혀 있을 때 '들여다보지 말라고 하니 보지 말아야지' 라며 가볍게 돌아서는 사람은 많지 않다. 들여다보는 것을 금지했기 때문에 더욱 보고 싶다는 욕망이 우리를 사로잡는다. 나에게서 비롯되었으나 나조차도 어쩔 수 없는, 탕아처럼 밖으로 나도는 욕망이다. 떠난 남자에 대한 그녀의 욕망 또한 그가 딴 여자의 남자가 된 순간 꿈틀거리기 시작했는지도 모를 일이다. 그녀는 어쩌면 외벽 구멍을 통해 금지된 것에 대한 자신의 욕망을 들여다본 것이 아니었을까.

그날의 선물이 하필이면 죽순이었던 것도 우연이 아닐 터이다. 죽순은 대竹에서 나온 욕망의 결과물이다. 대竹에서 나왔으되 결코 대竹의 제재를 받지 않는 것이 죽순이다. 그것은 휘어지지도, 접혀지지도, 말아지지도 않는다. 호시탐탐 대나무로부터 멀리, 제 갈 길로 뻗어 나간다. 비라도 오면 반란의 기세는 배가 된다. 담합이라도 한 듯 한 뼘씩이나 땅 위로 불쑥불쑥 솟아오른다.

사람들은 이 틈을 놓치지 않고 어린 죽순을 채취하여 도시의 식당으로 팔아넘긴다. '죽순 채취 금지' 팻말은 역설적으로 빈번한 불법 채취를 증명하는 것이다. 팔려 나간 죽순은 주로 중국요리에 많이 쓰인다. 자체의 맛이 있는 듯도 하고 없는 듯도 한 그것은 탕湯의 경우 톱니 모양으로 나붓나붓 썰어져 국물 맛에 기여한다. 볶음이나 무침에서는 은근히 자신을 과시하며 자기 존재를 증명하기도 한다. 주연이면서 대체로 조연이고, 조연인가 하면 때로는 주연이다. 우리 안의 욕망이 그러하듯이.

날이 저물자 태화강은 일제히 불을 밝히기 시작한다. 어린 죽순이 숨 쉬는 대숲에도 곳곳에 상향등上向燈이 켜진다. 드문드문 놓인 벤치에서는 연인들의 시간이 머무는데, 눈을 들면 멀리 강을 가로지른 다리가 보인다. 낮 동안은 나룻배도 움직였던 모양으로 뱃삯과 시간 안내판도 눈에 띈다.

이제 대숲도 밤의 얼굴을 보여주기 시작한다. 숲은 마치 고대와 중세를 거슬러 온 듯 아득하다. 그것은 이미 도시와 강을 벗어나 먼 곳에 닿아 있다. 강 너머에서는 최신식 회전 레스토랑이 불빛을 반짝이며 유혹하는데, 숲은 고단한 몸을 누이며 휴면을 준비하고 있다.

그대, 먼 별

들불처럼 번지는 미투운동(Me Too Movement)을 보면서 드는 생각은 우리는 본질이 아닌 현상에 너무 치중하지 않은가 하는 점이다. 미투운동은 특정 개인과 개인 간의 문제가 아니다. 특정 개인(대부분 사회적으로 성공한 개인)을 상대로 그를 무섭게 질타하고, 불이익을 주고, 매도함으로써 지탄의 대상으로 삼는 것이 목적이 아니라는 뜻이다.

문제의 본질은 '다름에 대한 이해'이다. 남과 여는 태생적으로 다르게 태어났다. 산이 산으로, 강이 강으로 태어나듯이, 고래가 고래로, 장미가 장미로 태어나듯이 말이다. 그런데 언젠가부터 이상한 신화가 생겨났다. 남녀는 전체와 부분이라는 설이다. 태초에 하나님이 인간을 만들 때 남자의 갈빗대 하나를 뽑아 여자로 만들었다는 것이다. 인간의 뼈 중에 가장 상해 위험도가 낮고 회복력이 빠른 것이 갈비뼈이다. 그런 갈비뼈 하나를 슬그머니 뽑아 여자를 만들었으니 처음부터 여자는 남자의 부분이요, 하찮은 존재일 수밖에 없다. 이상하지 않은가. 세상 천지에 나뭇가지 하나를 꺾어 강을 만들고, 고래 뼈 하나를 뽑아 장미를 만들었다는 얘기를 들어본 적이 있는가.

프로이트Freud는 이를 두고 기발한 발상을 했다. 남녀의 구분을 남근의 유무에서 찾아야 한다는 것이다. 남자에게 남근이 있듯이 여자에게는 여근이 있을 터이다. 여근이 없다면 아이는 어떻게 만들어졌겠는가. 안과 밖의 차이가 있을 뿐이다. 그런데 그것을 남근의 유무로만 구분을 하니 남근이 없는 여자는 처음부터 결핍의 대상일 수밖에 없다. 이 또한 해괴한 주장이 아닌가.

신체적으로도 남자는 여자에 비해 덩치가 크고 힘이 세다. 인류 역사가 유목에서 농경을 거쳐 산업 사회로 이르기까지 힘세고 강한 남자에게 유리할 수밖에 없었던 이유이다. 아무도 없는 허허벌판에서 먹이를 두고 남녀가 겨룬다면 누가 이기겠는가. 문명이 발달하여 이제는 힘보다 다양한 기능이 필요한 사회가 되긴 했지만 그동안의 기득권자가 쉽사리 자리를 내어줄 리 만

무하다.

　남녀는 표현 방법도 다르다. 여자는 의사표시를 말로 하지만 남자는 몸으로 하기를 좋아한다. 그 편이 적성에도 맞고 유리하기 때문이다. 인류역사가 전쟁과 약탈로 점철되어 있음이 그것을 증명한다. 좋은 일이든 나쁜 일이든 말보다 몸이 먼저 나간다. 몸이 나가기 전 감성이란 게 존재한다는 사실에 주의할 필요를 느끼지 않는다. 혹여 잠시 느꼈더라도 개인의 지적 허영권을 벗어나지 못한다. 어차피 여자는 남자의 갈비뼈 하나로 만들어졌으므로. 어차피 여자는 남근도 없이 결핍 상태로 태어났으므로.

　전도유망한 젊은 정치인이 여비서에 대한 자신의 성폭행이 문제가 되자 피해자에게 위로한다는 말이 "괘념치 말거라." 였다고 한다. 조선시대의 왕이나 할 수 있을 법한 대응이다. 왕에게는 수치심이 없으니까.
　'괘념치 말라' 는 말 속에는 남자의 온갖 속마음이 다 들어 있다. 온 세상이 떠들어도 나 정도 되는 남자는 예외일 터이니 괘념치 말거라. 너 정도나 되니까 나의 손이 뻗은 것이니 가문의 영광으로 알고 괘념치 말거라. 어차피 이 모든 사태를 해결하는 사람은 남자들일 터이니 여자인 너는 괘념치 말거라~.

내키지 않는 일이지만 이쯤에서 남녀의 우월성을 따져볼 필요가 있다. 세상은 오랫동안 남자가 지배해 왔다. 아리스토텔레스가 그러하고, 뉴턴이 그러하며 알렉산더 대왕이 그러하다. 여자는 어찌하여 철학에도 과학에도 정치에도 뒤지는가. 이것이야말로 갈비대론과 남근론을 뒷받침하는 것이 아니겠는가.

우리는 이것을 사회적 환경에서 찾을 수밖에 없다. 인간은 동물과 달리 사회적 필요에 따라 길러질 수밖에 없기 때문이다. 남자는 남자답게, 여자는 여자답게 길러진다. 여기에 함정이 있는 것이다. 아이러니컬하게도 함정의 중심에는 어머니라고 불리는 여자가 있다. 그들은 남편에게서 진저리나도록 차별을 경험하지만 자기 아들이 행여 기존의 기득권 대열에 끼지 못할까 봐 전전긍긍하는 족속이다. 무서운 이기심이다. 세상 모든 남자들의 편견과 횡포에는 몸서리치는 한편 아들을 위해 기득권의 붕괴를 가장 먼저 걱정하고, 소중한 자식, 내 아들만은 그 기득권의 중심에 올려놓고 싶은 이기심이다.

버지니아 울프는 이에 발칙한 발언을 했다. 그는 셰익스피어의 여동생이 오빠만 한 재능을 타고 났다면 셰익스피어가 될 수 있었겠느냐고 묻는다. 여자라면 당연히 페티코트와 바느질과 순종을 미덕으로 길러지는 사회에서 과연 셰익스피어라는 대문호가 태어날 수 있었겠느냐고 되묻는다. 순종의 미덕이 무엇인가. 남자의 그늘에 안주하기 위한 필수 덕목이 아니겠는가.

울프는 여자에게도 자기만의 방과 돈이 필요하다고 역설했다. 그러나 더 많은, 우아한 여자들은 오히려 그것을 두려워했다. 남자들의 분노가 무서웠던 것이다. 그들은 방 대신 남자의 겨드랑을 선택했다. 그곳이 훨씬 따뜻하고 안전하다고 교육받아 왔기 때문이다.

그러나 남자들이여!

여자들도 이제 목소리를 내기 시작했다. 예전에는 삼삼오오 즈네들끼리 수군대다가, 더 이전에는 그마저도 죄스러워 부뚜막에 앉아 홀로 눈물을 훔쳐오다가, 이제는 입을 모아 외치기 시작했다. 제아무리 잘난 남자라도 여자의 몸에서 태어났고, 다름이 있을 뿐 남녀는 동등하다고. 산과 강에 우열이 없고, 고래와 장미에 선후가 없는 것처럼 남녀는 동반자로 함께 가야 하는 거라고.

짚고 넘어가야 할 것은 '괘념치 말라.'의 원적지이다. 여자들도 이제 자신들의 어리석고 못남을 검토하기 시작했다. 딸에 비해 아들을 우선하여 기르지는 않았는지. 눈앞의 작은 이익을 위해 권력의 남용에 편승하지는 않았는지. 사랑과 범죄를 혼동하고 괘념치 않도록 부추기지는 않았는지.

시간은 흐르고 사회는 진화하게 되어 있다. 어느 시인은 외로우니까 사람이라고 위로하면서 '산 그림자도 가끔씩은 외로워서 마을로 내려온다.' 고 했다. 좋은 말이다. 고고하게 하늘만 우러르고 있자니 외로웠던 모양이다. 마을에는 강도 있고 꽃도 있고 고래도 있다. 두런두런 속마음을 털어놓을 인간도 있다.

봉선화

건축에는 문외한인 내가 고택 답사팀에 끼게 된 것은 전적으로 운이 좋았던 탓이다. 나는 지금 청도군 임당리에 있는 내시內侍 집을 보러 가는 중이다.

일행은 스무 명쯤 된다. 다양한 직업군의 모임이라 차가 움직이기 시작하자 쥐꼬리만 한 상식들을 풀어 놓는다. 내시 집의 외양과 구조에 대해 말하는 이도 있고 내시제도가 뿌리내릴 수밖에 없었던 사회적 배경을 이야기하는 이도 있다. 그중에서도 의사인 J가 주목을 끈다. 내시의 종류와 수술 방법을 들고 나온 것이다. 참석자 대부분이 나처럼 무지하여 초보적인 질문이 많다. 버스 안에 간간히 폭소가 터진다.

K는 내시의 법적 권익과 사회적 지위를 주제로 삼는다. 70대의 원로 법조인답게 거침이 없다. 어려운 법률 용어를 피해가며 쉽고도 재미있게 이야기를 풀어나간다.

"내시도 공을 세우면 충신이 되고, 살인을 하면 살인자가 됩니다."

그런데 어찌할까. 버스를 내려 집 안에 들어선 순간 그 모든 유익한 정보들은 무용지물이 되고 만다. 오랜 세월 인적이 끊긴 흉가는 집 안 곳곳에 검은 옷을 입은 저승사자들이 숨어있을 것 같이 어둡고 음습하다. 온몸에 소름이 돋으면서 뒤통수가 오싹해진다.

우선 집의 구조가 특이하다. 규모는 모두 7동으로 안채와 작은채, 큰사랑채와 중사랑채, 사당과 두 채의 곳간으로 되어 있는데 눈이 머무는 곳은 중사랑채다. 중사랑채는 곳간 두 채와 더불어 안채와 'ㅁ'자로 연결되어 있다.

건물의 방향은 임금이 계시는 북향이되 15도 각도로 어슷하게 쪽문이 나 있다. 양반 댁에서는 쉽게 볼 수 없는 문이다. 쪽문을 열고 작은 마루로 나서면 북서향의 안채와 곳간이 한눈에 들어온다. 소슬 대문 너머 첩의 집까지 내시의 시선 안에 있다.

더욱 놀라운 것은 중사랑채 판벽에 난 구멍이다. 이 구멍은 안채로 드나드는 사람을 감시하기 위해 만들어놓은 것이다. 안채와 곳간이 연결되어 있으니 곳간으로 드나드는 사람 역시 감시의 대상이다.

시험 삼아 일행 모두가 차례대로 구멍에 눈을 대어 본다. 중문으로 웬 남정네가 안채로 들어서는 순간이 포착된다. 자세히 보니 남자가 아니라 일행 중 한 사람인 비구니 스님이다. 21세기의 젊은 비구니 스님은 등 뒤에서 우리가 엿보는 것도 모르고 안채와 곳간을 흥미롭게 둘러보고 있다.

중사랑을 버리고 안채 마당으로 내려선다. 평생을 통해 친정 부모의 사망 때만 바깥출입이 허락된 부인들이건만 담은 일반 양반 댁보다 훨씬 높다. 'ㅁ' 자의 마당에 서니 하늘마저도 네모지게 보이는데 아까부터 몸이 어째 15도 각도로 기우는 듯하다. 어슷하게 난 쪽문 탓이다. 그 문을 통해 한참 동안 안채와 사랑채를 훔쳐보았더니 이제는 아예 몸이 한쪽으로 기울어진 느낌이다.

누구던가 몸이 마음을 만들고 마음이 생각을 다스린다고 했다. 죽을 때까지 한 남자만을 바라보며 감옥과도 같은 집에 사는 여인들에게 그 무슨 의혹이 있어 어슷한 쪽문이 필요했을까. 세상 모든 근원적인 번뇌와 고통을 짊어진 내시 여인들의 한 맺힌 생애가 파노라마처럼 그려진다.

안채 뒤로는 장독대의 흔적이 있다. 독은 없고 풀들만 무성하다. 버려진 장독대가 황량하고 쓸쓸하다. 조선시대 궁중내시로 봉직한 남편을 받들어 400여 년간 무려 16대에 걸쳐 내시 가계를 이어왔다는 안주인들의 삶 또한 저러했으리라.

평생을 부부로 살면서도 운우雲雨의 정을 나눌 수 없고 늙어 의지할 자식마저 낳을 수 없으니 그 외롭고 서러운 세월을 어떻게 견뎌냈을까. 부부의 연으로 만났으나 진정으로 일심동체가 되지 못하는 그 기막힌 사정을 누가 알까. 야사에 의하면 내시 여인들이 겪은 절망과 슬픔은 죽음에까지 이르게 한 일도 있었다고 한다. 장독대 옆 이끼 속에 묻힌 사금파리 몇 쪽이 여인들의 시리고 아픈 한을 말해주는 듯하다.

비구니 스님이 오더니 장독대 앞에 쪼그리고 앉는다. 어지러운 풀 더미 속에 봉선화 몇 송이가 오롯하게 피어 있다. 그 옛날 이 집 곳간이 가득 차고 큰사랑에 손님이 끊이지 않았던 시절 여인네들의 말동무가 되었음직한 꽃이다.

"손톱에 물들이시게요?"

짐짓 농을 건네는 나의 말은 들었는지 못 들었는지 젊은 스님은,

"봉선화의 꽃말이 무엇인지 아세요?" 한다.

봉선화의 꽃말이라니? 봉선화도 꽃말이 있었던가?

"'나를 건드리지 마세요.' 랍니다. 이 집에 어울리지 않나요?"

스님이 봉선화의 잎을 가볍게 건드린다. 그러면서 혼잣말인 듯 중얼거린다. 이 댁 여인들도 손톱에 봉선화 물을 들였을까.

내시의 여인들이 손톱에 봉선화 물을 들였는지 어땠는지는 알 도리가 없다. 그것은 세월 따라 어김없이 씨를 뿌려가며 빈집을 지켜온 봉선화만이 알 일이다. 다만 나는 스님의 그 말을 듣는 순간 번개처럼 떠오르는 한마디를 상기했다. 인간은 동물적인 욕구와 높은 정신적 이상을 동시에 가진 다층구조의 존재라고 하던 것을….

이 답사를 처음 시작할 때는 '특이한 집' 혹은 '재미있는 집'에 대한 호기심 때문이었다. 그러나 김씨 고택은 내게 더 이상 특이하거나 재미있는 집이 아니었다. 장독대 옆에 봉선화가 처량하게 피어 있는 애잔한 집이었다.

몸

"건강한 몸에 건강한 정신이 깃든다"는 말은 듣기만 해도 기분이 좋아진다. 제아무리 천하를 호령하는 영웅이라도 건강을 잃으면 모든 것이 허사가 되기 때문이다.

반대로 이성理性을 주제로 한 예술조각품을 볼 때면 의문이 들기도 한다. 정신을 주제로 한 작업에 왜 하나같이 그토록 근육질의 몸을 강조하는 것일까? 저 유명한 로댕의 〈생각하는 사람〉도 운동선수 출신을 모델로 삼았다고 전해진다. 운동선수처럼 근육질의 건강한 몸이면 건강한 정신이 저절로 따라온다는 뜻일까?

몸이 이성을 앞지르는 경우는 일상생활에서도 경험한다. 내가 속한 전문직 여성 클럽에서 '차세대 전문직 여성 세미나'를 열었을 때의 일이다. 학교장으로부터 고등학교별로 2~3명씩 추천 받은 모범 학생들이 연수 대상이었다.

대상 학생들도 만만치 않았지만 주최 측인 우리도 다년간에 걸쳐 연구 개발된 프로그램들을 선보여 세미나 행사는 대내외적 으로도 호응도가 높았다. 평소 접하기 어려운 성공 여성들도 초 청했을 뿐 아니라 '내가 만약 여성 대통령이 된다면'과 같은 열 띤 토론 프로그램도 있었다. 포상 내용도 물론 파격적이었다. 전 반적으로 분위기가 한껏 고조된 상태였다.

행사가 끝날 무렵 마무리용으로 우리는 색다른 프로그램을 하 나 선보였다. '힙합 댄스' 시간이었다. 무용을 전공한 멤버가 무 대에 올랐다. 그는 말없이 학생들이 좋아하는 몇 가지의 댄스 동 작을 선보였다. 폭발적인 함성이 강당에 울려 퍼졌다. 큐가 나가 자 음악이 울리고 학생들이 몸을 움직이기 시작했다. 음악과 춤. 아우성. 흥분.

순식간에 강당은 젊은 몸들로 뜨거워졌다. 모든 학생이 갑자 기 정돈되고 단결되었다. 머뭇거림도 뒤처짐도 보이지 않았다. 앞서거니 뒤따르거니 강물이 되어 함께 흐른다고나 할까. 바닷 물이 파도를 이루며 숨 가쁘게 바위를 넘는 모습이라고나 할까. 지구상에 오로지 그들만의 세상이 형성된 듯했다. 몸 풀기로 제 공한 '힙합 댄스'로 인해 공들였던 메인 프로그램들이 한순간에

퇴색하는 느낌이 들 정도였다.

누군가가 의문을 제기했다. 어째서 그 좋은 프로그램들을 제치고 가장 돈 안 들고 즉흥적인 댄스가 저토록 학생들을 사로잡느냐고.

"몸이잖아, 몸!"

옆에 앉은 행사단장이 명쾌한 답을 내놓았다.

'그러니까 남편이 첫사랑을 평생 동안 가슴 속에 품고 사는 것은 어쩔 수 없지만 하룻밤 몸 섞고 오는 것은 못 참는 법'이라고.

기막힌 대답에 폭소가 터졌다. 몸의 권력이고 배반이다.

두드리다

난타를 배우기 시작한 걸 보고 친구들은 스트레스 풀기에 좋겠다는 반응을 보였다. 나 딴에는 악기라고 생각하여 시작한 일인데 그럴듯해 보이지는 않았던 모양이었다. 나는 특별히 스트레스를 많이 받는 사람이 아니라 선뜻 동의가 되지 않았다. 바이올린이나 플루트였다면 박수를 칠 일이었을까?

난타의 특징은 두드리는 것이다. 두드림은 아득한 신석기시대에도 있었다. 기원전으로 거슬러 올라간 고분벽화에도 춤과 음악이 등장한다. 어제보다 많이 잡은 고기를 들고 흥에 겨워 춤을 추는 이가 있는가 하면 그에 맞추어 양손으로 무언가를 두드림으로써 장단을 맞추는 이도 있다. 베토벤이나 차이코프스키 이전이라 정형화된 악보는 없더라도 나름 보편적인 박자와 리듬이 존재한다. 우리 몸속에 숨어있는 원시적 감각 때문이다. 몸속의 리듬. 그것은 바로 인간의 본능이다. 어쩌면 그 시대의 사람들이 현대인보다 더 생생히, 날것으로 자신을 표현하며 살았는지도 모를 일이다.

우리를 가르치는 선생은 40대 중반의 노총각이었다. 7년 동안 사귀던 여자가 작년에 떠났다는 것을 보면 북만 잘 두드렸지 여자는 제대로 두드리지 못했던 모양이었다. 선생은 늘 우리들에게 북 속에 숨어있는 리듬점을 느껴야 한다고 말했다. 그것을 일깨워 내 몸 안의 욕망과 합일을 이룰 때 멋진 연주가 탄생된다고도 말했다. 우리는 좀 어려웠다. 내키는 대로 북의 여기저기를 있는 힘껏 두드려 리듬이 부서지는 참담함을 맛보았다. 새색시 때 팥죽을 끓이던 때와 같았다.

결혼과 동시에 시집살이에 들어간 나는 할 줄 아는 게 아무것도 없었다. 동짓날 부엌에서 팥죽을 끓이는데 이 사람 저 사람 옆에 붙어 서 있노라니 누군가가

"새댁은 팥죽이나 저으세요."

하고 말했다. 나는 주걱을 들어 팥죽을 젓기 시작했다. 두 손으로 정성껏, 쉬지 않고 저었다. 팥죽은 원래 끓는 비등점을 따라 눋지 않게 달래듯 저어주면 되는 것이었다. 그러나 나는 온몸으로, 혼을 바쳐 투쟁하듯이 그것을 저었다. 그날 밤 나는 몸살

을 심히 앓았다. 동짓날 단지 팥죽을 젓기만 했을 뿐인데도 온몸이 쑤시고 안 아픈 곳이 없었다. 팥죽에 대한 내 몸의 과도한 두드림이었다.

난타반에서도 6개월쯤 지나자 어깨통증을 호소하는 사람들이 생겨났다. 북을 칠 때 어깨에 불필요한 힘이 들어간 결과였다. 더러는 북과 호흡을 못 맞추어 도중 탈락하는 사람도 생겼다. 오른손을 쓸 때 왼손을 쓰고, 테를 쳐야 할 때 북을 치는 사태가 벌어진 것이었다. 박자를 놓쳐 허둥지둥 헤매는 사람도 있었다. 합주다 보니 민폐에 대한 걱정을 호소하는 사람도 늘어났다. 두드림이 오히려 스트레스가 되는 경우였다.

2년쯤 지나자 작은 단체 행사에서 오프닝 출연 제의가 들어왔다. 동시에 선생에게도 새로운 여자 친구가 생겼다는 소문이 돌았다. 우리가 자신의 소리에 몰입하는 동안 선생 역시 내면의 소리에 귀를 기울였던 모양이었다.

막이 오르자 우리는 음악에 맞춰 북을 두드리기 시작했다. 북과 테의 미세한 떨림이 우리를 선사시대로 인도했다. 몸 안의 리듬이 서서히 깨어나서 피돌기를 하는 것이 느껴졌다. 첫 연주에 대한 설렘과 열기가 피돌기에 채찍을 가했다. 몸이 열리며 발끝에서부터 충일감이 차올랐다.

관객 뒤쪽에서 선생이 우리를 향해 손 모양으로 연주하는 모습이 보였다. 우리 중 혹시라도 리듬을 놓치는 경우에 자신만 따라오라고 응원하는 것이었다. 아마도 유치원 재롱잔치에 출연한 아이를 향해

"엄마 여기 있어. 걱정 마."

하는 심정일 터였다.

그러나 우리는 이미 성인들로서, 고집 세고 말 안 듣는 학생들이었다. 북채도 없이 손동작으로 하는 선생의 연주가 우스꽝스럽게만 보였다. 북을 두드리는 것이 아니라 새로 생긴 여자 친구를 두드리는 것으로도 비쳤다. 우리는 선생을 비껴나기 시작했다. 카네기홀 데뷔 연주라도 하듯 당당하게 가슴을 펴면서 북채를 높이 휘둘렀다.

선생이 놀라 상기된 표정으로 양 손바닥을 펴서 낮추라는 시늉을 했다. 우리는 갑자기 소심해져서 동작을 줄이고 소리를 불러들였다. 그 과정에서 박자가 흐트러지고 화음에 균열이 생겼다. 어쩌면 연주 후 우리 모두는 아이처럼 벌을 서게 되는지도 몰랐다. 그렇게 우리의 첫 연주는 고분벽화에서처럼 우리끼리의 축제로 마무리되었다.

쉘 위 댄스

연말 행사를 준비하던 중 행운이 터졌다. 과분하게 넓은 장소가 확보된 것이다. 1, 2부의 공식행사가 끝난 후 3부 마지막 순서로 블루스 타임을 넣을 수 있게 되었다. 중년의, 고리타분한 글쟁이들의 모임이라 익숙하진 않겠지만 한 번쯤 시도해 보고 싶었던 프로그램이었다. 블루스가 별건가. 기분 좋은 사람과 손잡고 잠시 리듬에 몸을 맡겨보는 것이 아닌가.

파트너 문제가 대두되자 재미있는 현상이 일어났다. 남자들은 춤을 리드해야 하는 부담감을 드러냈고, 여자들은 남에게 보이는 것에 신경을 썼다. 그러나 회원 중에는 춤을 잘 추는 남자도 없었고, 외모가 출중한 여자도 없었다. 대한민국 평균치의, 그렇고 그런 중년들로서 조금 문화적인 사람들일 따름이었다. 문화는 인간을 설레게 한다. 영화 〈쉘 위 댄스〉의 주인공들처럼 말이다.

〈쉘 위 댄스〉에서도 지루한 일상에 찌든 중년 남자가 주인공이다. 지극히 상식적인, 이웃집 아저씨 같은 중년 남자가 춤을 통해 생활의 활기를 찾는다는 내용이다. 우리의 주인공들도 별반 다르지 않았다. 젊은 날 어쩌다 껌을 좀 씹었거나 침 좀 뱉어본 경험이 있다 해도 지금은 세금 잘 내고 가정에 충실한, 머리 희끗희끗한 중년들이었다. 단 한 사람, 그 남자 Y만 빼고는.

Y는 군살 없이 다듬어진 몸매에 옷을 썩 잘 갖추어 입었다. 시계, 벨트, 지갑도 명품이었을 뿐 아니라 목걸이도 자주 하고 다녔다. 우리는 모두 그를 바람둥이로 지목했다. 춤 정도야 문제가 없을 거라고도 생각했다. 그가 나에게로 와서 자기는 블루스를 전혀 못 춘다고 고백했을 때 나는 좀 놀랐다.

"언젠가 무슨 댄스 배우러 다닌다고 하지 않았어요?"

그건 스포츠 댄스라고 했다.

"스포츠 댄스나 블루스나~. 경연대회를 하는 것도 아니고~."

그가 정색을 하며 아니라고 말했다.

"블루스가 스포츠 댄스와 어떻게 다르냐 하면요~"

"마 됐어요. 국어 잘 하는 학생이 영어도 잘 하는 거지. 춤 문외한도 잘도 나서더구먼!"

선생 아니랄까 봐 내가 윽박질렀다. 여자 회원들도 그를 놓아 주지 않았다. 파트너들이 시원찮아서 내켜하지 않은 것으로 생각하고 언짢아하는 회원들도 있었다. 내가 설득에 나섰다. 아마추어 집단이니까 신경 쓰지 말라고 달랬다. 그는 마지못한 얼굴로 알았다며 물러났다.

행사를 며칠 앞두고 그가 다시 나를 찾아왔다. 코밑이 헐고 얼굴이 형편없었다. 그가 손가락으로 자신의 코밑을 가리키며 말했다. 어쩔 수 없어 속성반에 등록하여 블루스를 배우기 시작했는데, 코에 단내가 나도록 연습해도 시간이 너무 촉박해서 스텝을 제대로 익히지 못했다는 것이었다. 나는 그를 똑바로 쳐다보았다. 벌어진 입이 닫히지를 않았다. 그게 무슨 대단한 일이라고 속성반씩이나 등록을? 예체능 입시생도 아닌데 코에 단내가 나도록 연습을?

"춤이란 게 그런 게 아니거든요. 아무리 연습해도 이게 잘 안 되어서 말이지요~"

그가 가볍게 스텝을 밟아 보이는데, 갑자기 주변이 환해지는 이변이 나타났다. 사방이 달달한 리듬으로 채워지면서 꽃이 우우 피어나는 것 같기도 했다. 나는 그를 다시 보았다. 섬광처럼 그를 이해했다. '앎은 자신의 모자람을 아는 것'이라는 말이 옳았다. 우리는 모두 Y만큼 '아는 수준'에 이르지 못한 것이었다. 이르지 못했기에 무책임하게 윽박질렀고, 무지했기에 언짢아했던 것이었다.

다행히도 블루스 타임은 반응이 좋았다. 대머리에게나 배불뚝이에게나 춤이란 즐거운 것이었다. 음향 담당이 네댓 곡 메들리로 깔아준 것도 한몫을 했다. 회원들은 더러 발을 밟고 밟히기도 하면서 기분 좋게 아름다운 밤을 즐겼다. 객석에 앉아 와인을 마시고 있는 나에게 엄지 척을 들어 보이는 회원도 있었다. 나도 손을 들어 화답을 했다.

Y가 다가왔다. 블루스 팀에 끼지 않아 한결 편안해진 모습이었다. 코밑의 헌 자국도 가라앉을 조짐을 보이고 있었다. 그는 잔을 들어 건배를 신청하며 이해해 줘서 고맙다고 말했다. 2년쯤 후에는 자신도 블루스를 '조금' 출 수 있을 것 같다고도 했다. 나는 그를 보며 다시 〈쉘 위 댄스?〉를 떠올렸다. 영화는 동명同名으로 미국과 일본에서 만들어졌었다. 우리는 느끼한 리처드 기어보다는 담백한 야쿠쇼 코지가 좋았던 것 같다고 동감하며 잔을 부딪쳐 건배를 나누었다.

시간을 거슬러

여름 베갯잇을 갈다가 웃음이 팡 터졌다. 바로 어제 친구들과 점심 모임에서 나눈 대화가 생각났기 때문이다. 우리는 모두 자식들을 혼인시켜 손주들도 하나둘 본 상태이다. 당연히 할머니들이다. 문제는 머리와 달리 마음이 이를 거부하는 데 있다.

A가 말한다. 엘리베이터에서 만난 여자아이가 하도 예뻐서 미소를 머금고 그윽이 바라보았더니 옆에 있던 젊은 엄마가 "할머니한테 안녕하세요 인사해야지" 하는 바람에 김이 팍 샜다고.

B가 받는다. 백화점에서 넥타이를 고르고 있는데 점원이 쪼르르 옆에 오더니, "할아버지 꺼 고르세요? 이건 어때요?" 해서 쾌씸하기 짝이 없었다고.

C가 머리를 절레절레 흔들며 고백한다. 교통사고가 나서 정신

을 잠깐 잃었는데, 그 와중에도 사고를 낸 운전자가 "할머니, 할머니 정신 차리세요. 눈 좀 떠 보세요" 해서 기분이 살짝 나빴다고.

웃을 일이 아니다. 시간은 인간에게 있어 욕망의 원형이다. 이를 이해하자면 4500여 년 전 우루크의 왕 길가메시까지 거슬러 올라가야 한다. 반신반인으로 태어난 길가메시는 시간의 법칙을 거부했다. 늙음과 죽음을 받아들이지 않았다는 뜻이다. 전쟁 통에 눈앞에서 친구가 죽자 충격을 받은 그는 불사, 불로의 비결을 찾아 헤맨다. 가까스로 불로초를 구하지만, 그가 잠든 사이 뱀이 그것을 먹어버리고 만다. 늙음과 죽음은 인간에게 피할 수 없는 업보라는 걸 깨닫게 되는 순간이다.

길가메시 이후에도 불사, 불로는 인간의 영원한 숙제로 남아 있다. 불로초에는 장생을 기원하는 인간의 욕망이 잠재되어 있는 것이다. 길가메시의 영향으로 죽음을 받아들인 수메르인들의 지혜에도 불구하고 불로초를 구하러 선남선녀를 동쪽으로 보낸 진시황이 이를 증명한다. 믿기지 않으면 다른 예를 들 수도 있다. 지금이라도 당장 독실한 어느 종교인에게 꽃이 피고 천사가 노래하는 천국으로 안내하겠다고 제안해 보라. 노 땡큐, 무슨 그런 말씀을. 소똥밭을 굴러도 이 세상이 낫다고 손사래를 칠 것이다.

나 역시 가끔은 시간을 거스르고 싶을 때가 있다. 아이처럼 계단을 날듯이 오르내리고 싶고, 목젖이 보이도록 큰 소리로 웃어보고도 싶다. 자전거로 국토종주도 해 보고도 싶고, 보스톤 마라톤 대회에도 당당하게 참가하고 싶다.

무엇보다 나는 시간을 거슬러 오드리 햅번을 한번 만나고 싶다. 엘리자베스 테일러나 그레타 가르보는 관심이 없는데 오드리 햅번과는 따뜻한 차 한 잔 나누고 싶다. 〈로마의 휴일〉을 찍은 스페인 계단에서 젤라또도 함께 먹어보고 싶고, 아프리카로 달려가 기아를 안고 눈물을 흘리는 그녀의 모습을 메모하고 싶다. 아, 나는 그동안 무얼 하며 살았나? 나의 시간은 왜 이렇게 의미 없이 흘러가 버렸나?

베갯잇을 갈고 나서 삼베 이불을 펼쳐든다. 여름철 침구로는 더할 나위 없이 시원한 조합이다. 그런데 문득 수의壽衣 또한 삼베로 만드는 것에 생각이 미친다. 환갑 때 이미 수의를 장만한 시어머니가 생각난 것이다. 당시에 나는 갓 시집온 새댁으로, 수의에 대한 이해가 없었다. 죽을 때 입는 옷이라기에 죽기 전 "잠깐만!" 하고 일어나 옷을 갈아입는가 했다. 죽음에 대한 개념조차 없었던 시절이다.

삼베 이불에서 수의를 떠올린 건 사고의 진화일 수도 있을 것이다. 이전에는 이불 따로, 수의 따로 기억 상자가 달랐다. 시간의 이해로 의식 어딘가에서 상관관계가 생긴 것이다. 새로운 발견이다. 길가메시와 진시황마저 자빠뜨린 절묘한 공식이다.

　나 또한 이제 그들의 코스를 밟고 있는 중이다. 늙음을 거쳐 죽음에 이르는 긴 여정이다. 나쁘지 않다. 처음 가는 길이라 어리둥절하고 생소할 뿐이다. 시간은 천재다. 그 길에도 곳곳에 아름다움과 기쁨을 숨겨 놓았다. 주위를 둘러보며 좀, 천천히 가려고 한다.

콜럼버스의 달걀

1980년대 미국 여행을 갔을 때였다. 저녁식사 때 맥주를 한 잔 하는 자리에서 현지 가이드가 자기의 가정사를 화제에 올렸다. 초등학생부터 밑으로 아들만 넷이라 했다. 그는 20대에 집안이 쫄딱 망해 절벽에서 뛰어내리는 심정으로 미국 땅을 밟았다고 하면서 박정희 대통령의 산아제한 정책을 신랄하게 비판했다. 미국에 와 보니 곳곳이 빈 땅이고, 아직도 국기만 꽂으면 제 나라 땅이 되는 미개척지가 수두룩한데 위정자라는 사람이 한반도 끄트머리 손바닥만한 땅을 끼고 그 안에서 나눠먹기 정책을 펴는 것이 갑갑하다는 것이었다.

그는 작은 나라일수록 아이를 많이 낳아 민들레 홀씨처럼 전 세계에 뿌려야 한다고 역설했다. 또한 그는 자신의 아들 중 한

놈을 반드시 미국 국회에 입성시키겠노라고 큰소리쳤다. 우리는 모두 장하다고 박수를 쳤는데 오늘 그의 말이 문득 떠오른 것은 바르셀로나에서 본 콜럼버스의 동상 때문이었다.

스페인에서는 신대륙을 발견한 콜럼버스에게 높이가 무려 60m나 되는 기념 탑을 세워 꼭대기에 동상을 만들어 올려놓을 뿐 아니라 유해가 담긴 관까지도 세비아 성당에 모셔두고 있었다. 가톨릭 국가에서 성당에 관을 모시는 것은 성인이나 왕이 아니면 지극히 이례적인 경우이다. 세비아 성당은 유럽에서 세 번째로 큰 성당이다.

콜럼버스는 타고난 뱃사람이었다. 그는 일찍부터 신대륙 발견의 꿈을 꾸었다. 그의 꿈은 마르코 폴로의 『동방견문록』에 나타나는 황금의 섬을 발견하는 것이었다. 모험심이 강한 콜럼버스는 장차 선장이 되어 동방을 탐험하겠다고 결심했다. 마르코 폴로가 2년 걸려서 낙타나 말을 타고 육지로 간 동방을 그는 한 달만에 배를 타고 바다로 갈 계획을 세웠다.

콜럼버스의 생각, 즉 바닷길로 동방에 이른다는 생각은 지구가 둥글다는 것을 전제로 한다. 대서양의 서쪽으로 항해를 한다면 둥근 지구의 표면을 돌아 동방에 이를 수 있다는 것이 그의 신념이었다. 콜럼버스의 신념은 피렌체의 지리학자인 토스카넬리와의 서신 교환으로 더욱 굳어졌다. 토스카넬리는 콜럼버스에게 지구 구형설을 역설하며 동방으로 가려면 육지로 가는 것보다 서쪽 바다로 곧장 가는 것이 훨씬 가깝다고 주장했다.

콜럼버스의 방대한 계획에 날개를 달아준 사람은 스페인의 이사벨라 여왕이었다. 여왕은 자기 나이 또래의 이 거칠고 무모해 보이는 남자에게 새로이 발견된 땅으로부터 얻어지는 모든 이익의 10%를 약속하며 탐험 선단을 출범시켜 주었다. 이후 어려움도 많았고 시행착오도 적지 않았으나 여왕은 그를 적극 후원했다.

재미있는 것은 콜럼버스의 착각이었다. 콜럼버스는 지구의 반지름을 약 400해리로 측정하여 시속 3노트로 항해했을 때 한 달이면 동방에 도달할 수 있다고 생각했다. 이는 지구의 둘레를 실제보다 절반 정도로 잘못 측정한 것이었다. 콜럼버스가 만일 대서양을 건너면 아메리카 대륙이 있고 아메리카 대륙을 넘으면 대서양보다 더 넓은 태평양이 있다는 것을 알았다면 서쪽으로 해서 동방으로 갈 엄두를 낼 수 있었을까?

심지어 그는 자기가 발견한 신대륙도 인도의 서쪽이라고 믿었다. 콜럼버스가 서인도라고 믿었던 땅이 얼마 뒤 아메리고 베스푸치라는 항해사에 의해 신대륙임이 밝혀지자 사람들은 그의 이름을 따서 '아메리카' 대륙이라고 지었다고 하니 착각치고는 흥미롭지 않은가.

그럼에도 불구하고 콜럼버스의 항해가 서방 항로 탐험을 크게 자극한 것은 부인할 수 없는 사실이다. 스페인의 항해사 발보아는 파나마 지협을 건너 처음으로 태평양을 건넜고, 마젤란은 콜럼버스로 인해 세계 일주의 모험을 시도하게 되었다.

우리는 흔히 '만장일치로 이루어지는 역사는 없다'고 한다. 만일 그 당시 이사벨라 여왕이 콜럼버스의 신대륙 탐험을 반대하는 신하들에 휘둘려 콜럼버스를 후원하지 않았다면 어떻게 되었을까. 후에 콜럼버스가 향신료와 황금을 찾는 데 실패하고 여러 불미스러운 일로 여왕마저도 크게 노하여 후원을 중단하게 되었을 때 우리는 그 유명한 일화를 만난다. '콜럼버스의 달걀'이다.

콜럼버스를 비난하는 여론이 온 스페인을 들쑤셔놓자 한 시민이 콜럼버스에게 말했다.

"자네 아니면 신대륙을 탐험할 사람이 없겠는가? 누구라도 배를 몰고 대서양 서쪽으로만 가면 되는 거 아닌가?"

이 말에 콜럼버스가 껄껄 웃으며 대답했다.

"그렇다면 당신은 달걀을 이 탁자 위에다 세울 수 있겠소?"

"뭐라고? 탁자 위에다 달걀을 세우라고?"

아무도 달걀을 세우지 못하자 콜럼버스가 자리에서 일어났다.

"내가 해 보리다."

콜럼버스가 달걀의 뾰족한 부분을 탁자 위에 가볍게 툭툭 쳐서 똑바로 세워 놓았다.

"그렇게 세우는 거야 누가 못 할까!"

사람들의 항의에,

"바로 그것이오. 누가 한 번 세운 뒤에는 아무라도 쉽게 세울 수 있지요. 무슨 일이든 맨 처음 하는 것이 어려운 법이오. 탐험도 이와 마찬가지가 아니겠소?"

자신의 아들을 반드시 미국 국회에 입성시키겠노라고 큰소리 친 현지 가이드는 그 후 어떻게 되었을까. 세월이 많이 흘렀으니 이제는 아들들도 중년에 접어들었으리라. 비자 발급조차 하늘의 별 따기였던 그 시절 부친께서 혈혈단신으로 태평양을 건너 자갈밭에 민들레 홀씨를 뿌렸으니 그 뿌리가 오죽 실하고 질기겠는가. 어디서 무엇을 하든 신대륙의 달걀을 부지런히 세우고 있기를 바라며 나는 손을 번쩍 들어 지중해를 가리키고 있는 콜럼버스의 동상 앞에 오랫동안 서 있었다.

상실

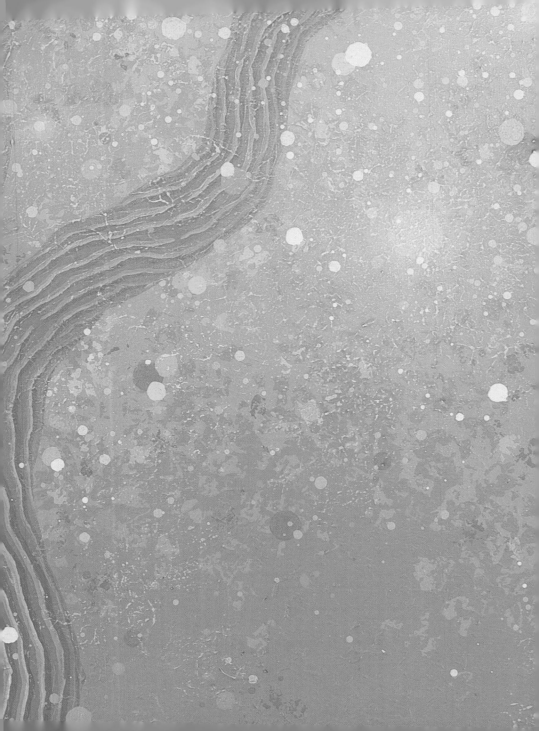

상실

　딸 내외가 유럽여행을 떠나게 되어 손자를 내가 맡게 되었다. 9개월 된 로하이다. 로하는 부모를 공항으로 보내며 안녕과 빠이빠이를 수도 없이 했으나 그것이 무엇을 의미하는지 모르는 것 같았다. 우유도 잘 먹고 거실을 기어 다니며 신나게 놀았는데 밤이 되자 사태의 심각성이 감지되는 모양이었다. 불현듯 저 혼자 엄마와 아빠가 머물던 침대방을 가더니 울음을 터뜨렸다. 밤에도 여러 번 깨어 일어나 울었고, 새벽에도 혼자서 다시 그 침대방으로 기어가서 울었다. 몸무게 겨우 9kg짜리 어린 것이, 말도 못 하는 어린 것이 눈을 비벼가며 엄마를 찾는 모습이라니!

　네댓 살 무렵 나도 외가에 맡겨졌었다. 엄마의 건강이 좋지 않은 데다 동생이 태어났기 때문이었다. 외가에는 사람도 많고 모두 나를 귀애했으나 할머니의 등에 업혀 잠든 사이에 엄마가 나 몰래 가 버린 사실은 내 의식 속에 큰 상실감을 주었다. 나는 할머니의 등을 필사적으로 밀어내며 목청껏 울었다. 할머니와 엄마의 담합에 대한 반항이었을 것이다.

막상 어른이 되어 할머니가 돌아가셨을 때 나는 세상 다 잃은 듯한 상실감에 사로잡혔다. 할머니는 어린 날의 나의 껍데기였다. 잔칫집 가서는 나 주려고 꼬질꼬질한 손수건에 맛난 것들을 꿍쳐왔고, 백일해로 고생하는 나를 위해 산속 무슨 열매를 따다가 달여 먹이기도 했다. 엄마 그리며 징징거리는 나를 둘러업고 '내 새끼, 내 새끼' 하며 동네 한 바퀴 휙 돌고 오면 내 마음이 조금 가라앉았다.

사흘이 지나자 로하는 더 이상 엄마를 찾지 않았다. 9개월짜리 아이에게는 사흘이 유효기간인 것 같았다. 침대방에도 혼자 기어가지 않았고, 할머니의 등을 밀어내거나 떼를 쓰는 일도 없었다. 오히려 포대기를 끌고 오며 내 등을 찾았다. 업어달라는 뜻이었다. 나는 포대기를 둘러 로하를 업었다. 로하는 온몸을 나의 등에 붙였다. 두 팔로 나의 목을 끌어안기까지 했다. 아이는 터득하기 시작한 걸까. 삶은 잃어가는 과정이라는 것을. 어른이 되면 할머니의 등 또한 잃게 된다는 것을.

낭만의 오해

지금도 문득 생각한다. 어떻게 그런 일이 일어났을까. 나의 머릿속은 아직도 안개 속의 미로를 헤매고 있다.

대학원 세미나 시간에 토론 주제가 낭만주의였던 것은 정해진 교과과정이었다. 19세기 문예사조에 관심이 있던 나는 '낭만주의에 관한 오해' 라는 제목으로 발제자가 되어 토론을 이끌고 있었다. '오해' 라는 부분이 흥미를 끌었던지 학생들의 참여도는 높았다.

먼저 서구에서 18~19 세기에 꽃을 피운 낭만주의가 한국에서는 100년 후인 20세기에 이르러서야 상륙하게 된 배경과 한국에서의 낭만주의가 갖는 상징성이 간단히 설명되었다. 한恨, 애수,

폐허, 절망, 그리움 등으로 요약되면서 파워포인트에 괴테의『젊은 베르테르의 슬픔』이 뿌려졌다.

낭만주의의 대표작인『젊은 베르테르의 슬픔』은 비극적인 사랑이야기로 21세기를 사는 우리에게도 감동을 준다. 그 자신이 약혼자가 있는 여인을 사랑하여 지독한 절망에 빠져들었던 괴테는 주인공인 베르테르를 통해 절대적인 사랑이 인간의 마음 안에서 치명적인 독이 되어가는 과정을 보여 주며 끝내는 죽음을 선택하게 한다. 작품을 읽은 많은 젊은이들이 베르테르에 매료되어 옷차림에서부터 말투, 몸가짐, 사랑에 상처 입고 스스로 죽음을 선택하는 것까지 흉내 내는 현상이 일어나서 '베르테르 효과'라는 말이 생겼다던가.

토론이 한창 익어 갈 무렵 노크도 없이 교실 문이 벌컥 열렸다. 행정실 직원이었다. 사색이 된 얼굴로 전하는 이야기, S의 자살 소식이었다. 30대 초반의, 방글방글 잘 웃던 단발머리 여학생이었다. 바로 어제 나하고 저녁을 같이 먹었었다.

"낭만에 대한 오해가 정말 오해일까요?"

그녀가 말했다.

"낭만의 주제는 원래 꿈, 자연, 인간이거든요. 20세기 한국으로 넘어오면서 허무, 절망, 애수로 변질되고 말았죠."

나의 대답.

"어느 것이 본질인지는 알 수 없는 거잖아요."

나는 그때 마음속으로 내일 세미나 시간의 질의자로 그녀를 찍었었다. 그런데 자살이라니!

교실 한쪽에서 우리를 지켜보던 지도교수가 울음을 터뜨린다. 집안일로 주말에 서울에 가 있었는데 S가 전화를 했더라고 한다. 상담을 좀 하고 싶다기에 논문 관련 의논인가 싶어 세미나 끝난 후 시간을 내겠다고 무심히 대답했는데, 일이 이렇게 심각한 상황인 줄 몰랐다며 가슴을 친다.

그러니까 S는 지도교수, 선배, 친구들에게 끊임없이 상처를 보이고 비명을 질렀건만 아무도 눈치 채지 못했던 셈이다. 죽은 후 접속해 본 그녀의 컴퓨터에서는 스무 개 이상의 자살사이트가 검색되어 있었다고 한다. 모두 잠든 깊은 밤, 절망의 벼랑 끝에서 그녀가 선택한 삶의 포기는 무슨 의미였을까. 죽음의 미학이었을까. 극도의 염세였을까.

진실이 무엇이든 나의 입장에서는 마지막으로 나눈 그녀와의 대화를 떨칠 수가 없었다. 어느 것이 본질인지는 알 수 없는 게 아니냐고, 그녀는 말했었다.

토요일 오후. 그녀가 없는 한적한 캠퍼스의 벤치에 앉아 상념에 잠긴다. 장례식 때의 정경이 스크린처럼 눈앞을 지나간다.

가족들은 죄인 아닌 죄인이 되어 얼굴을 들지 못했고, 학우들인 우리 또한 각자의 입장에서 무관심을 자책했다. 그 누구도 사인死因에 대한 언급은 하지 않았다. 죽음을 선택한 사람을 두고 무슨 말을 할 수 있을 것인가?

장례식 내내 머릿속을 어지럽힌 건 오히려 날씨였다. 한 생명이 사라지는 순간에도 변한 건 아무것도 없어 보였다. 하늘은 맑고 비행기는 뜨며, 꽃들은 다투어 피어나고 있었다. 전날 내린 소나기로 관이 나가는 시간에는 하늘 끝자락에 무지개가 뜬 것 같은 착각마저 일었다. 저승으로 건너가는 다리였을까. 구약성서에 의하면 신이 더 이상은 홍수로 생명체를 멸망시키지 않겠다고 노아에게 약속한 표식이 무지개라고 했던가. 무지개가 희망의 상징이 된 배경일 터이다.

이 순간 번개처럼 스치는 생각이 있다.

세상에서 가장 소중한 가치는 결국 생명이 아닐까. 그 속에 생성과 소멸이 있어 이렇게 시끌벅적 살아가고 있는 것을. 낭만은 소멸의 부추김이 아니라 생성의 강화이다. 평범한 것에는 신비를 보여주고, 익숙한 것에는 미지의 꿈을 부여한다. 유한한 것에는 무한의 가상을 제시하고, 화석화된 생명에게는 부활을 촉구한다. 어쩌면 낭만이 생명을 수호하는 마지막 동아줄이 될런지도 모를 일이 아니던가!

꽃 진 자리

꽃이 피고 지는 것이 예사롭지 않은 나이가 되었다. 한때는 꽃이 피면 온 세상이 꿈결 같더니, 이제는 꽃을 보면 피고 짐이 눈물겹다.

오랜 친구 S가 찾아왔다. 여중 때부터 알아왔으니 해묵은 친구이다. 안 본 사이 몰라보게 핼쑥한 모습이었다. 자식들에게 문제가 생겼나, 걱정이 되었다.

S는 말없이 청도 쪽으로 차를 몰았다. 간간히 한숨을 쉬었다. 무거운 병이라도 든 건가, 마음이 쓰였다. 주위에 더러 병원 다니는 사람들이 생겼다. 나도 요즘은 몸이 개운하지가 않다. 나이 들면 아프지 말아야 하는데.

휴게소에서 S는 구태여 테이크 아웃을 고집했다. 얼굴 보고 말하기 어려운 얘기구나, 커피를 받아 들고 바깥 벤치에 앉았다. 봄이라지만 산 밑이라 제법 쌀쌀했다. 우리는 나란히 구름을 보며 커피를 마셨다.

"원우를 만났어."

나는 놀라 하마터면 커피잔을 떨어뜨릴 뻔했다.

"뭐라고?"

원우는 S의 아픈 사랑이었다. 재수할 때 학원에서 만나 정이 깊이 들었을 때 원우네 집에서 극력 반대하여 헤어지고 말았다. S의 집안이 한미 한데다 나이도 S가 한 살 많다는 이유였다. 오래전 일이었고, 당시는 사회 정서가 그러하기도 했다. 원우는 끝까지 헤어지지 않으려 했지만 S가 매정하게 작별을 고했다. 상처 입은 짐승의 뒷발질이었을 것이다.

긴 세월 동안 두 사람은 서로를 잊고 살았다. 각자의 자리에서 결혼하고 아이도 낳고 무사히 잘 지내왔는데, 늦은 나이에 운명의 신이 장난을 친 모양이었다.

"어떻게? 미국 갔다고 하지 않았어?"

임신한 시누이가 갑자기 하혈을 하게 되었다고 했다. 전화를 받고 부리나케 달려갔는데, 119로 병원에 도착해 보니 담당 의사가 원우일 줄이야! 전문의 따고 미국 주립병원에 머물다가 몇 년 전에 귀국했다는 설명이었다.

한편 S는 위급상황이라 화장도 않고, 입던 옷에, 머리는 쑥대밭이었다. 심지어는 맨발에, 슬리퍼를 신고 있었다.

"기가 찬 것은"

응급처치가 끝나고 원장실에서 차를 한 잔 마시는 자리였다고 했다. S는 갑자기 손을 웅크렸다고 말했다. 둘이서 동시에 자기 앞에 놓인 찻잔을 들었는데 원우의 손과 자기의 손이 천양지차더라고 했다. 희고 매끈한 원우의 손과 남편의 부도까지 겪으며 억척같이 살아온 자신의 엉겅퀴손이 극명하게 대비되더라는 것이었다.

한때는 마주 잡고 사랑을 맹세했던 손이었다. 평등했고 당당했던 손이었다. 지금은 아니었다. 아름답지도, 대등하지도 않은 손이 수치심과 절망으로 웅크리고 있었다.

여자에게 손은 삶의 민낯이었다. 들키고 싶지 않은 자기 증명이었다. 손의 정직성이었다. 또한 손의 한계이기도 했다. 얼굴과 달리 손은 기껏 반지를 끼는 정도이다. 양귀비도 클레오파트라도 손을 분칠하지는 못했다. S의 눈에 눈물이 글썽했다.

"내 손이 얼마나 초라하던지. 나이는 나만 먹은 것 같더라고."

원우는 좋아 보이더라고 했다. 살이 조금 붙은 것 말고는 예전 모습 그대로여서 S는 한눈에 그를 알아보았다고 했다. 원우 쪽에서 오히려 젊은 한때 그토록 사랑했던 여인을 긴가민가하더라고 했다. 어수선한 몰골에, 세월의 강이 40여 년이나 흘렀으니.

우리는 다시 차에 올랐다. S가 시동을 걸며 유리문을 내렸다. 꽃들이 차례로 지고 있었다. 벚꽃, 진달래, 복사꽃들이 봄의 끝자락에서 아듀를 고하고 있었다. 꽃의 기능에는 작별도 포함된다. 꽃들은 일제히 제 모습대로 피었다가 제 뜻대로 세상과 하직한다. 이제 곧 낙화 소식을 접한 나뭇잎들이 기지개를 켜며 다투어 연둣빛 싹을 내밀 것이다. 그 많은 꽃들은 다 어디로 갔을까.

S가 폐교된 초등학교 운동장에 차를 세웠다. 본인의 모교이다. 학생이 없어 폐교된 지 몇 년이 지났다. 지금은 도예가의 작업실이 되어 있었다. 학교 곳곳에 쓰지도 못하는 물건들이 세월의 흔적 속에 버려져 있었다.

강당으로 쓰이던 곳에는 풍금이 놓여 있었다. S가 앉은뱅이 풍금 의자에 앉았다. 교육대학에서 부전공으로 음악을 공부했던 참이었다.

"소리가 날지 모르겠네."

S가 풍금을 치기 시작했다. 제목도 기억 안 나는 노래들~.

아, 그러나 그것은 훌륭한 연주였다. 그리움을 견디고, 사랑을 견디고, 슬픔을 견뎌낸 사람만이 낼 수 있는 깊은 소리였다.

손이 좀 험하면 어떠하리. 그깟 손이 뭐라고! 사랑은 그렇게 왔다 가는 것이다. 꽃이 피고 지듯이. 꽃이 어디 한 번만 피고 말던가. 피고 지고, 피고 지고 또다시 피어나지 않던가. 주름진 손이 치는 아름다운 풍금소리가 폐교가 된 꽃 진 자리에 울려 퍼졌다.

코로나와 매화

코로나corona. 이쁜 이름이다. 부르기도 쉽고 어감도 좋다. 어느 귀한 외동딸 이름 같기도 하고, 카이사르의 서른한 번째쯤의 연인 이름 같기도 하다.

실제로 코로나는 태양 주위의 주황색 빛을 띠는 둥그런 띠를 가리킨다. 성모마리아나 예수님 머리 위에 후광처럼 비치는 것이 코로나이다. 로마시대의 월계관도 코로나이고, 천사들이 들고 있는 막대 위의 링도 코로나이며, 클레오파트라가 즐겨 했던 나뭇잎 모양의 머리 장식도 코로나이다. 이 코로나가 변신을 거듭하여 21세기를 덮쳤다. 악성 바이러스가 되어 블랙홀처럼 지구를 빨아들이기 시작했다.

아시아의 조그마한 나라 지방 도시에 사는 나는 아침에 일어나자마자 비누로 손부터 씻는다. 나는 평소 인간이 손과 발을 구분하여 사용함으로 동물보다 우월하다는 자부심이 있었는데 코로나 이후 손은 바이러스를 옮기는 원흉이 되고 말았다. 비누로도 씻고 세정제로도 소독하되, 아무것도 만지지 말기를 의사들은 권장한다. 얼굴도 만지지 말고, 악수도 하지 말며, 난간도 짚지 말아야 한다. 엘리베이터 버튼도 손가락 대신 립스틱이나 볼펜으로 누르라는 지침이 있었다. 이러다가는 머잖아 인간의 손은 쓸모가 없어 동물처럼 앞발로 퇴화하지 않을까 걱정이다.

TV를 켠다. 코로나가 밤새 무슨 짓을 했는지 궁금하다. 뉴스가 전 세계의 코로나 활동사항을 집중 보도한다. WHO(세계보건기구)에서는 코로나19에 대해 팬데믹(세계적 대유행)을 선포했고, 한국인은 200여 개의 나라로부터 입국이 거부되었다고 한다. 그중에서도 내가 사는 도시는 특정 종교인들이 모여 사는 아파트 전체가 코호트 격리에 들어가는 사태가 발생했다.

질병관리본부는 외출 시 반드시 마스크를 사용하라고 하는데 약국에서는 마스크 대란이 일어나서 아침부터 사람들이 줄을 서고 있다. 시민들은 화가 났고 정부는 사과했으나 마땅한 해결책은 없어 보인다. 전문가들은 마스크 재사용 문제를 두고 하나 마나 한 논쟁을 벌이고 있다.

집을 나선다. 공원 산책이다. 자식들은 환자도 아닌 나를 가택 연금시켰지만 발 달린 짐승이라 잠깐씩 걷는다. 가게는 문을 닫았고 거리는 텅 비었다. 의사들이 피하라고 하는 2미터는 커녕 20미터 이내에도 마주칠 사람이 없다. 팔을 흔들며 설렁설렁 내 길인 양 걷는다.

공원 앞에서 동네 약국의 약사를 만났다. 마스크는 안 팔고 왜 여기 있느냐고 물으니 아르바이트 약사 맡기고 나왔다고 한다. 마스크를 공짜로 주는 것도 아니고, 돈 내고 사는 것을 몇 시간 씩 줄까지 서야 하느냐는 고객의 불만에 자기 역시 분통이 터져 나와 버렸다고 한다. '그 놈의 마스크, 마스크. 파는 것도 사는 것도 치욕스럽다'고 말한다.

문득 주변이 환해진 것을 느낀다. 공원 입구의 매화가 활짝 핀 것이다. 놀랍다고 해야 하나, 눈물겹다고 해야 하나. 온 세상이 코로나로 찌들어 있는 동안에도 매화는 도도히 꽃을 피우고 있었던 것이다. 그러고 보니 봄이다. 우리는 그마저도 잊고 있었다. 매화가 코로나보다 힘이 센 줄도 몰랐다. 마스크도 없이, 백신도 없이 혼자서 거뜬히 꽃을 피워내고 있지 않은가.

또 다른 꽃, 커피 아줌마도 봄을 맞아 부산하다. 빨간 바지를 몸에 꼭 끼게 입은 그녀는 엉덩이를 살랑거리며 호객 행위를 하고 있다.

"어이, 아저씨. 커피 한잔 하고 가. 잘 해 줄게."

무엇을 어떻게 잘 해 줄 건지는 그들만이 아는 비밀일 것이다. 그녀는 어쩌면 도깨비방망이라도 지녔는지도 모를 일이다. 뚝딱 뚝딱 김 오르는 커피도 주고, 마스크도 공짜로 주고, 돈도 벌게 해 주고, 뚝딱뚝딱 코로나도 물리쳐 줄 태세다.

빨간 바지가 자리를 뜨자 우리는 매화나무 아래 벤치에 앉았다. 살아가는 이야기, 건강 이야기를 나누다 보니 우리 또한 위험군에 속한다는 결론에 도달했다. 소화기와 순환기 계통에 자질구레한 문제들을 안고 있었던 것이다.

약사가 마스크는 있느냐고 묻는다. 나는 몇 개 있지만 없다고 대답한다. 특혜라도 있을까 했는데 외려 제때제때 성실하게 구입해 두라고 충고한다. '파는 것도 사는 것도 치욕스럽다' 더니 묻는 것도 답하는 것도 치욕스럽다.

벤치에서 일어나는데 약사가 주머니에서 면마스크를 하나 꺼내 준다. 급할 때는 이거라도 요긴하게 쓰일 거라고 한다. 나는 무슨 보물처럼 그것을 손에 든 채 매화나무를 올려다 본다. 하늘을 이고 활짝 핀 매화가 우리를 내려다보고 있다.

하필이면

'하필이면~' 이라는 말 속에는 인간의 뿌리 깊은 이기심이 도사리고 있다. 그것은 일단 가능성을 전제로 한다. '하필이면 소풍가는 날 왜 비가 오는가' 라고 하면 비의 수용과 다른 날의 허용이 있다. 그 다른 날은 전적으로 나를 중심으로 설정된다. 나에게는 비가 와도 상관이 없는 그날이 다른 사람에게는 결혼식 날일 수도 있다는 사실은 간과한다.

끔찍한 일이나 불행한 일도 예외가 아니다. 우리는 그런 일이 없기를 바라지만 일어나더라도 나를 비켜 다른 사람에게만 일어나기를 바란다. 어쩌다 뉴스에서 그런 일을 접하면 안타까워하고 개탄하며 애석해한다. 그러나 만약 그 일이 자신에게 일어나면? 분노한다. 하필이면 왜 나한테? 분노가 치밀어 올라 견딜 수가 없다. 애석함마저 생기지 않는다. 애석함은 남의 일일 때나 생기는 사치스러운 감정이다. 내가 그 일에서 벗어나 있을 때 가능한 사적 정서다. 이기심은 이렇게 본능적이다.

내가 가장 격정적인 '하필이면'에 사로잡혔을 때는 남편이 암 선고를 받았을 때였다. CT 촬영에서 악성종양이 발견되었을 때 나는 졸지에 지뢰를 밟은 사람이 되고 말았다. 이해할 수 없는 일이었다. 그는 전혀 악성스럽지 않은 사람이었다. 부드러운 성품과 규칙적인 생활패턴을 가진 사람이었다. 건전하고 정직하며 성실하기 이를 데 없는 사람이었다. 잘못이라야 기껏 친구 좋고 술 좋아서 퇴근 후 더러 제 시간에 귀가 못한 정도였다. 술값 계산할 때 주인의 실수로 삼만 원이나 덕을 봤다고 삼억짜리 복권이라도 당첨된 것처럼 기뻐하던 소박한 사람이었다. 그런 그에게 하필이면 왜?

나는 치욕에 떨며 밤을 새워 '하필이면'을 분석했다. 하필이면 다른 사람도 아닌 그에게 왜? 지난한 작업이었다. 동굴 속의 암호와 마주 대한 것 같았다. 그 어떤 논리에도 이치에도 합당하지 않은 날벼락이었다. 부당하고 억울하기 짝이 없었다. 나는 절망했다. 그의 고통에 무심한 듯 보이는 의사에게도, 그와 무관하게 잘 돌아가는 세상에게도 적의를 느꼈다. 눈앞에 신이 있다면 대들고 싶은 심정이었다. 주먹을 들어 코피라도 터뜨리고 싶은 심정이었다. 그를 따라 나도 죽고 싶었다. 마침내 남편이 죽음을 맞았을 때 나는 못다 푼 분노의 숙제 보따리를 다락에 집어 던지고 말았다.

세월이 약이라던가. 어느 날 나는 우연히 나의 보따리가 한결 가벼워진 것을 알았다. 다락에 팽개친 이후 눈길 한 번 준 적 없는 분노의 보따리였다. 그 무겁던 분노가 어디로 다 빠져 나갔는지는 미스터리였다. 저 혼자, 아무도 없는 컴컴한 다락방에서, 발버둥치며 삭고 또 삭아내린 모양이었다. 자기방어기제가 발동했는지도 몰랐다. '나만 예외'여야 한다는 생각이 오만이 아닐까 하는 자각이 들었던 것도 사실이었다.

자각은 나를 홀가분하게 했다. 다른 사람의 '하필이면'이 눈에 들어온 것도 그 무렵이었다. 묘지에는 남편보다 젊은 사람도 많았다. 청소년도 있었으며, 심지어는 초등학생도 있었다. 그들의 가족들 또한 나처럼 '하필이면'에 갇혀 지옥을 경험했을 터였다. 그러나 모두 신기하게도 멀쩡하게 살아있었다. 먹기도 하고 자기도 하고 웃기도 하며 살아있었다.

행복과 불행에도 질량불변의 법칙 같은 것이 있는 게 아닐까 생각할 때가 있다. 어쩌면 행복은 처음부터 같은 무게로 불행과 그림자처럼 어깨동무를 해 왔는지도 모른다. 그것들이 어느 날

산 위의 돌멩이들처럼 사이좋게 놀고 있다가 지나가는 행인의 머리 위에 떨어진다면 어떻게 될까. 하필이면 내 앞이나 뒤의 사람이, 아니면 바로 내가 그 돌을 맞았다면? 그것은 돌의 의지도, 나의 선택도 아닐 것이다. 돌은 굴렀고, 나는 그 밑을 지나갔을 뿐이다. 이를 두고 우연이라는 사람도 있고, 필연이라는 사람도 있다. 혹자는 우주의 질서라고도 한다.

이제 나는 멀찌감치서 '하필이면'을 바라본다. 우연이거나 필연이거나 인생은 랜덤이다. 판도라 상자다. 세상에는 나 혼자만 당하는 기상천외한 불행도 없고, 나 혼자만 누릴 수 있는 영원한 행복도 없다. 그 모든 행복과 불행이 뜻밖에도 보편적이라는 사실이 우리를 안도하게 한다. 이것이 하필이면 내가 되고 당신이 되는 이유일지도 모른다.

아버지의 모자

　모자를 보면 돌아가신 친정아버지가 생각난다. 유난히도 모자
를 좋아했기 때문이다. 집 안 곳곳에 모자가 어지럽게 널려 있어
엄마의 지청구를 들었다.

　"모자 가게 차려도 되겠소."

　마침내 구석방 벽 하나를 차지해서 종류별로 차례로 걸어놓기
시작해서는 집 안에서도 모자를 쓰고 있는 게 문제가 되었다.

　"밥 먹다가 모자는 왜요?"

　"감기 기운이 있나 보오."

　"밤에도 쓰고 주무시구려."

　아버지에게 모자는 무엇이었을까. 평소 어떤 상황에도 우기거

나 주장하는 법이 없는 무골호인이었다. 창문 하나 여는 것도 엄마한테 물어보고 열던 아버지가 하찮은 모자로 왜 그렇게 엄마의 속을 뒤집었을까.

모자는 흔히 신분 표시용으로 사용하거나 장식용으로 쓰거나 신체 보호용으로 활용한다고들 한다. 그러나 지금은 21세기다. 왕도 없고, 양반도 없으며, 독립운동가도 없으니 신분 표시용은 아니라고 봐야 할 것이다. 장식용으로 보기도 어렵다. 아버지는 영화배우도 아니고, 시인도 아니며, 대머리도 아니었기 때문이다. 신체 보호용이 아니었겠느냐고? 열대지방도, 북극지방에 사는 것도 아닌데 무슨 신체 보호용? 수렵꾼도, 어부도 아닌데 무슨 신체 보호용?

의문은 뜻밖에도 쉽게 풀렸다. 임종을 한 달여 앞두고 명절이 닥쳤을 때였다. 치료도 바닥을 보이는 데다 명절이라 병원에서 집으로 옮기게 되었다. 폐암이었다. 집안 분위기는 무거웠다. 온 가족이 말은 아꼈지만 저마다 이번이 아버지와 함께 지내는 마지막 명절이 될 거라는 생각을 하고 있었다. 타지에 가 있는 자식들도 모두 모였다.

차례상을 보는 중 아버지가 나에게 다락 깊은 곳에서 흑립을 꺼내 오게 했다. 조선시대 양반들이 의관을 갖출 때 쓰던 검은 갓이다. 아버지의 할아버지 대부터 내려온 물건으로, 검은 옻칠

이 희끗희끗 바랜 말총갓이었다.

10년여 전부터 우리 집은 제사 의례의 간소화로 남자는 양복, 여자는 평상복으로 대체해 오던 터였다. 제사 때 아버지가 갓을 안 쓴 지도 그보다 훨씬 오래전부터였다. 집안 어른이 남긴 물건이라 차마 버리지 못하고 다락 위 구석자리에 두었던 것인데 아버지가 그것을 기억해 낸 것이었다.

나는 어렵게 갓을 찾아 아버지에게 건넸다. 볼품없이 헤어지고 낡은 물건이었다. 모처럼 두루마기까지 차려 입은 아버지는 오래된 갓을 두 손으로 정중하게 모셔 머리 위에 얹었다. 손자들이 양쪽에서 팔을 잡고 차례상 앞으로 모셨다.

아버지는 깊은 숨을 들이쉬고 조상께 절을 올렸으나 일어나지를 못했다. 무릎이 꺾이면서 쓰러지는 바람에 차례는 일제히 눈물바다가 되었다. 엄마가 조용히 아버지에게 다가가 갓을 벗겼다. 아버지가 이승에서 마지막으로 쓴 모자였다.

장례가 끝나자 화제는 잠시 아버지의 모자로 이어졌다. 제례복 한 번 격식에 맞게 차려입는 것마저 허례허식이라고 생략한 영악한 후손들에게 다락 깊은 곳에서 꺼내온 흑립은 감동이었다. 그러나 그뿐, 자식들은 금방 일상으로 돌아갔다. 쓸 만한 모자 몇 개만 나누어 갖고 나머지는 폐기 용품으로 분류했다. 유품

정리는 평화적으로 끝났다. 건물도, 주식도 아닌 모자를 나누는 일이라 분쟁거리가 못 되었다. 누군가가 "아버지는 도대체 모자를 왜 그렇게 챙기신 거야?" 하고 의문을 던졌으나 대답은 없었다. 단지 이상하게도 죽음을 앞두고 두루마기에 낡은 갓까지 쓰고 혼을 바쳐 조상께 절을 올리던 아버지의 마지막 그 모습만은 오래도록 자식들 마음에 남아 있었다.

그날

삶과 죽음은 얼마나 멀까.

우리는 어디서, 어떻게 다시 만날까.

그날 아침, 시할머니는 컨디션이 좋으셨다. 바로 전날 주말을 이용해서 멀리 있는 자식들까지 몰려와 손도 잡아드리고 돈도 주고 간 때문이었다. 손주들까지 대동하고 병문안 온 자식들도 기분이 좋았다. 연로하신 데다 지병이 있는 터라 걱정이 많았는데 정작 와 보니 생각보다 상태가 양호하여 안심이 되었다. 일요일 오후에 모두 떠나고 하룻밤 더 묵은 이모할머니도 아침상을 물리시면서 새댁인 내게,

"형님 아직 멀었다. 입 닦아가면서 식사 정갈하게 하시는 것 봐."

저녁때가 다 되어 할머니는 막내아들을 찾으셨다. 두통이 심하니 약을 사 오라고 하셨다. '제가 사다 드릴게요' 했지만 구태여 아들을 호출하셨다. 어제 다녀갔는데 또 부르시나 싶었지만 마침 나는 남편과 뮤지컬을 보러 가게 되어 있던 터라 잘 됐다 싶은 마음도 없지 않았다. 외출 준비를 마친 우리가 할머니 방에 들어가자 막내아들인 작은 아버지는 앉지도 않고 뒷짐을 지고 서성이며 할머니를 못마땅해하고 있는 중이었다.

"마, 됐소, 됐소이다. 예전부터 아버지는 편찮으시면 목침 베고 벽으로 돌아누웠지만 엄마는 산지사방 흩어진 자식들 다 불러 모았잖소. 바로 어제 모두 헤어졌는데 하루도 못 가 또 부르라니 말이 됩니까? 밥벌이는 어쩌고 엄마 옆에만 붙어 있으라 하요?"

우리가 눈짓으로 다녀오겠다고 하니, 어서 가라고 손짓하며,

"엄살도 어지간하셔야지. 시도 때도 없이 오너라 가거라 하시니~"

뮤지컬은 재미있었다. 신혼인데도 할머니 일로 복잡했던 터라 모처럼의 문화생활이 단비처럼 반가웠는지도 모른다. 공연 동안 우리는 거의 할머니 걱정은 하지 않았다. 등장인물에 따라 웃고 박수치면서 모처럼의 데이트를 즐겼다. 끝나고 나서는 근처 빵집에서 아이스크림도 사 먹었다. 맛있었다. 뮤지컬을 음미하며

천천히 먹었다.

집에 오자 밤 10시가 넘어있었다. 작은 아버지도 집으로 돌아가시고 어머니와 심부름하는 봉순이만 눈을 부비며 우리를 맞았다. 할머니는요? 녹두죽 드시고 주무신다고 했다. 내가 방문을 열려니까 어머니가 방금 들어갔다 왔다고 하면서 깨우지 말라고 하셨다. 봉순이가 잠이 쏟아지는 얼굴로 할머니 방으로 들어갔다. 달포 전부터 어머니의 불면증이 심해져서 봉순이가 할머니 방에서 자 오던 참이었다.

새벽에 봉순이가 비명을 지르며 우리를 깨웠다. 할머니가 돌아가셨다는 것이었다. 자다가 문득 할머니가 이상해서 흔들어봤더니 돌아가셨더라고 했다. 언제 돌아가셨는지는 모른다고 했다. 깨어보니 돌아가셨더라고 했다.

부랴부랴 빈소가 차려지고 남편이 친척들에게 연락을 했다. 집안 상어른이 한걸음에 달려와 장례를 두량하셨다. 새댁인 나는 처음 겪는 일이라 어찌할 바를 몰랐다. 와중에도 간간히 비밀 같은 궁금증이 일었다. 우리는 왜 아무도 할머니의 임종을 못 지켰을까. 자식들과 손주들은 왜 전날 다 돌아갔을까. 형제와 다름없는 이모할머니는 왜 아직 멀었다고 말씀하셨을까. 저녁에 불려온 작은아버지는 왜 할머니의 말을 듣지 않았을까. 우리 부부는 왜 하필 그날 뮤지컬을 보러 갔을까. 어머니는 왜 할머니의 잠을 깨우지 말라고 하셨을까.

골목 입구부터 시끌벅적하더니 시고모가 들이닥쳤다.

"아이고, 우리 엄니! 고생만 한 우리 엄니!"

골목이 떠나갈듯한 통곡이 시작되었다. 몸집이 큰 데다 목청도 좋아서 삽시간에 상가는 울음바다가 되었다. 수십 명의 친척들도 통곡에 참여했다. 조문객들도 슬픈 얼굴로 코를 풀며 흐느꼈다.

얼마나 지났을까. 통곡을 마친 조문객들이 식사를 하는 동안 나는 빈소에 잠깐 들렀다. 할머니의 마지막 모습을 뵙고 싶었다. 왜 하필 그날, 그리 황망히 떠나셨는지 여쭤보고 싶었다. 할머니는 아무 말이 없으셨다. 외려 내게 무언가를 끊임없이 묻고 있는 것 같았다. '말없음'이, '질문'이 떠나는 자와 보내는 자의 간극이 아닐까 생각되었다.

등을 돌리자 상주들의 얼굴이 보였다. 모두들 입을 굳게 닫고 있었다. 살아남은 자의 슬픔일 것이었다. 부채일 것이었다. 연장자인 이모할머니가 가장 절실해 보였다. 목이 잠겨 신음에 가까운 소리를 내며 우리를 거실로 내몰았다.

"틈틈이 요기 좀 하시게들. 상주 노릇도 먹어가면서 하는 것이니."

울음터

연암 박지원이 청나라를 여행하고 쓴 『열하일기』를 읽어보면 그는 과연 천재가 아닌가 싶다. 요동 벌판에 이르러 광활한 평야를 보고 '통곡하기 좋은 울음터' 라고 말한다. 천하의 장관을 보면 웅장한 아름다움에 감탄을 하는 것이 인지상정이지만, 연암은 이를 한바탕 울어 볼 만한 터라고 표현한 것이다.

인간의 7정에 이보다 통달한 사람이 있었던가? 기쁨이 극에 달해도 울게 되고, 노여움이 사무쳐도 울게 되고, 즐거움이 극에 달해도 울게 되고, 사랑이 사무쳐도 울게 되고, 미움이 극에 달해도 울게 되고, 욕심이 사무쳐도 울게 되니, 답답하고 울적한 심정을 풀어 버리는 것으로 우는 것보다 더 좋은 방법은 없다고 그는 주장한다. 혀를 내두를 일이 아닌가.

21세기로 넘어와서는 TV에서도 울음터를 제공했다. '이산가족 찾기'에서다. 6.25때 남북으로 헤어진 가족들이 60년 만에 극적으로 만나는 프로그램이다. 강산이 6번이나 변한 세월이다. 부모 자식, 형제들이 만나자마자 끌어안고 울음을 터뜨렸다. 기쁨과 반가움과 그리움의 눈물이었다.

"순자야!"

"엄마!"

만나자마자 서로를 끌어안았다. 60년의 세월에도 핏줄은 정직했다. 모두 한눈에 서로를 알아보았다. 시청자들도 함께 울었다. 온 국민이 함께 울었다. 아주 드물게 착오가 있긴 했다고 한다. 부둥켜안고 실컷 울고 보니 형제가 아니더라고 했다. 그러나 그들조차도 통곡을 억울해하지는 않았다. 온 국민이 그저 울고 또 울었다.

최근에는 공중파 방송에서도 울음터를 펼쳐 놓았다. 주부를 대상으로 하는 '보이스 퀸'이다. 노래 경연 프로그램에 웬 눈물이? 참가 대상이 주부들이었기 때문이다. 주부가 무엇인가. 며느리이고 딸이며, 아내이고 엄마이며, 사회인인가 하면 가정경영인이다. 중심인가 하면 곁가지이고, 전체인가 하면 부분이며, 강자인가 하면 약자이다. 이 땅의 주부들은 모두 예수 그리스도에 버금가는 십자가를 짊어지고 살아가는 족속들이다.

노래는 아마도 그들을 이루는 원소였을 것이다. 먹고 사는 일에 골몰하여 포기할 수밖에 없었던, 간절한 그 무엇이었을지도 모른다. 문제는 진정으로 내려놓을 수 없음이다. 자나 깨나 기쁠 때나 힘들 때나 노래를 운명처럼 가슴 깊이 품고 살았음을 의심할 여지가 없다.

예선을 통과한 것만으로도 울지 않는 사람이 없었다. 삶에 기름이 돌기 시작한 걸까. 이제 겨우 한 고비를 넘겼을 뿐인데도 감격의 눈물을 쏟아 놓았다. 그들은 아예 펑펑 울었다. 얼굴이 일그러지고 눈 화장이 지워지는 것도 모르고 울었다. 울음과 더불어 자신의 삶을 털어놓았다. 암 투병 중이기도 했고, 이혼을 하기도 했고, 자식을 잃기도 했다고 털어놓았다. 주부로 사는 일이 그렇게 힘든 일이었을까.

울면서 심사위원에게 일침을 가하는 주부도 있었다. 참가자들에게 야박한 점수를 준 젊은 심사위원이었다. 〈노란 셔츠 입은 사나이〉를 신나게 불러 젖힌 그녀는 심사위원 앞에서도 전혀 주눅 들지 않았다. 사회자로부터 마이크를 넘겨받은 그녀가 말했다.

"글쎄요, 저 분이 재즈를 알기나 하겠어요?"

방청객석에서 폭소와 박수가 터져 나왔다. 사회자가 그녀에게 "버클리 음대 최다 장학금 수혜자로 선발되셨다면서요?" 하

자

"결국은 못 갔다니까요."

가볍게 넘기며 그 내용을 세련된 스캣으로 마무리했다. 결국
은 못 갔다고? 왜 못 갔을까. 결국은 못 가고 만 것이 오늘날 주부
들의 현 주소가 아닐까.

암 투병하던 선배가 기도원을 찾았던 날도 생각난다. 가족을
떠나 혼자가 되자 제일 먼저 드는 생각이 '이제 실컷 울어볼 수
있겠구나' 싶더라고 했다. 온갖 의료시스템과 가족의 사랑, 이웃
의 따뜻한 위로마저도 속 시원하게 울어 젖힐 울음터가 되지는
못했던 모양이었다.

나 또한 박지원이 추천한 비로봉 꼭대기나 요동 벌판보다 첩
첩산골에 있다는 선배의 울음터가 가슴에 와닿았다. 남편마저
돌려보내고 온전히 혼자인 상태로 꺼이꺼이 통곡했을 선배를 생
각하며 나도 한바탕 크게 소리 내어 울었다.

*스캣(scat) : 재즈에서 의미 없는 음절로 자유롭게 노래하는 창법

통속적인, 인간적인

친정어머니가 돌아가신 것은 늦가을이었다. 연세도 연세지만 오랜 병고 끝이라 장례는 비교적 담담하게 치러졌다. 자식들은 별로 슬퍼하지 않았고, 손님들도 조문을 하는 사이 간간히 웃음소리까지 들렸다. 아버지만이 비에 젖은 비둘기처럼 넋을 놓고 깊은 밤까지 영안실을 지켰다. 81세였다.

유난히 금슬이 좋은 동갑내기 부부였다. 어느 한쪽에서도 큰소리 내는 일이 별로 없었다. 일요일 아침이면 손잡고 함께 성당에 나갔다. 간간히 다투는 경우는 있었다. 주로 어머니가 시작하는 것으로 주제는 거의 동일했다. 아버지의 '신부님에 대한 존경심 부족' 이었다.

미사가 끝나면 가까이 사는 우리 집에 와서 아침을 드시는데, 성당에서 신부가 한 강론 내용이 문제였다. 어머니는 신부에 대해 무조건적인 신뢰를 품고 있었으므로 부분적이나마 강론에 비판적인 아버지를 못마땅해했다. 아이처럼 발끈하여 '그럴 거면 성당에는 뭐 하러 다니느냐' 고 밥숟가락을 탁 놓으면, 아버지는 '당신 미사 가방 들어주려고 다니고 있잖소' 하며 숟가락을 도로 손에 쥐어 주었다.

어머니가 돌아가실 무렵에는 화를 내는 경우가 좀 더 잦았다. 병이 깊어 신경이 예민해졌기 때문이다. 아버지는 각별히 조심하는 성의를 보였다. 창문을 열 때도 어머니에게 물어보았다. '여보, 창문 열까' 옷을 입을 때도 물어보았다. '여보, 나 이 옷 입을까'

혼자 남겨진 아버지를 보다 못해 서예원 총무를 만나자고 한 것은 내 쪽이었다. 아버지는 서예원의 원장이었던 것이다. 회원이 거의 60명에 가까웠다. 나는 총무에게 아버지의 '말동무' 를 찾아주기를 부탁했으나 뜻밖에도 '여자친구' 가 생기고 말았다. 신청이 들어왔던 것이다. 67세의, 미망인이며, 원장님을 사모해 왔다고 했다. 아버지의 거부는 설득력이 없었다. 너무 젊고, 덩치가 크며, 붓글씨가 신통찮다는 것이 무슨 결함이겠는가. 자식들로서는 대환영이었다.

여자친구가 된 윤 여사는 아버지에게 헌신적이었다. 어머니 때와는 정반대의 현상이 우리들을 놀라게 했다.

일요 미사를 마치고 우리 집에 아침을 드시러 오는 윤 여사의 손에는 아버지의 가방이 들려 있었다. 엘리베이터 문이 열리면 아버지부터 먼저 타시게 하고 문이 닫히면 옷깃을 여며 주었다. 어쩌다 아버지가 신부神父의 강론이 못마땅하여 불평하면 윤 여사는 전적으로 공감을 표시하며 밥숟가락 위에 생선을 올려놓았다. 창문을 열기 전에는 얇은 가디건을 걸쳐주었다. 외출 시에는 나이 차이가 너무 드러나지 않도록 옷차림을 배려했다.

어머니의 제사 또한 정성껏 모셨다. 일주일 전부터 아버지의 의사를 물어 메뉴를 짜고, 건어는 서문시장에서, 육류와 생선은 염매시장에서, 떡, 과자는 수성시장에서 제일 좋은 것으로 구입했다. 이 모두를 아버지와 함께 했다.

제사를 지낸 다음 날에는 온 식구가 어머니의 산소에 갔다. 절을 하는 동안에는 그림자처럼 자신을 감추었고, 산소 앞이라 아버지에 대한 지나친 배려는 자제하는 염치를 보였다. 술은 어머니가 좋아하시는 적포도주를 올렸다. 아버지에게서 들은 모양이었다.

윤 여사가 말기 암인 것을 알게 되었을 때 우리는 모두 공황 상태에 빠졌다. 담석이 말썽을 부려 한밤중에 응급실로 실려갔는데, 검사 도중 놀랍게도 악성종양이 발견된 것이었다. 이미 여러 부위로 전이된 상태였다.

윤 여사는 끝까지 아버지의 곁을 고집했으나 전화 받고 황급히 서울에서 내려온 아들이 말을 듣지 않았다. 윤 여사의 입지도 개운치 않았을 것이고 지방도시의 의료진도 미덥지 못했을 것이다. 구급차에 실려 서울대학 병원으로 떠나는 날 그녀는 아이처럼 아버지의 목을 안고 펑펑 울었다. 함께 지낸 지 3년만이었다.

화학치료로 윤 여사가 사경을 헤매는 과정이 두 사람을 더욱 결속시켰다. 아버지는 같이 사는 동안 충분히 잘 해 주지 못한 자신의 이기심을 자책하는 것 같았다. 며느리와의 관계가 편치 않았던 윤 여사 역시 아버지에게 집착했다.

치료 중에는 아버지가 노구를 끌고 서울로 올라가 병상을 지켰고, 진료 스케줄이 없는 날에는 데리고 내려오는 일이 반복되었다. 윤 여사는 나만 보면 아버지의 곁이 가장 편안하다고 강조했다.

윤 여사가 죽자 묘소 문제가 수면 위로 떠올랐다. 입원 초부터 윤 여사의 아들이 시신을 서울로 모시겠다고 한 바 있었다. 우리는 당연히 그렇게 알고 있었는데, 아버지가 난데없이 어머니의 바로 옆자리를 주장하는 것이었다. 윤 여사의 마지막 소원이라는 이유였다. 우리 앞에 윤 여사의 친필 유서가 공개되었다. 저 세상에서도 나의 어머니인 형님을 잘 모시겠다는 내용이었다.

우리는 아버지에게 강력하게 항의했다. 죽어서까지 어머니를 서운하게 할 거냐고 언성을 높여 대들었다. 졸지에 윤 여사는 첩으로 강등되었고, 두 사람의 사랑은 통속적인 불륜이 되어 버렸다. 딸들은 상실감으로 울음을 터뜨렸다. 아들들은 울분을 못 참고 난동을 피웠다. 난리도 그런 난리가 없었다. 아버지는 순식간에 파렴치한 늙은이가 되어버렸다. 우리 역시 천하에 불효막심한 자식으로 전락하고 말았다.

아들이 성인이 되려면 아버지를 남자로 이해할 수 있어야 하고, 딸은 어머니를 여자로 인정할 수 있어야 한다더니 우리를 두고 하는 말인 것 같았다. 우리에게 있어 아버지는 언제나 절대적인 존재여서, 그 이상으로도, 이하로도 생각하기 어려운 일이었다. 결국 자식은 부모에게 배신자이며, 이기주의자가 되는 모양이었다.

문중 어른들까지 개입하여 논의한 결과 윤 여사는 '아버지 가까이'에 눕게 되었다. 공동묘지인데다 윤 여사와의 사이에 몇 구의 낯선 무덤이 있어 외형상으로는 남이요, 내용상으로는 가족으로 처리된 셈이었다.

소동 끝이라 삼우제에는 모든 사람이 말을 아꼈다. 윤 여사만이 아직도 할 말이 남아있는지 사진 속의 큰 눈이 쉼 없이 유서를 읽어주고 있는 것 같았다. 간간히 비가 내렸고, 삼우제는 조촐하게 끝났다.

며칠 후 밤늦게까지 형제들이 모여 술잔을 기울이다가 누가 먼저랄 것도 없이 윤 여사의 묘소로 향하게 되었다. 달이 휘영청 밝아 괴괴한 느낌을 주는 산속에 젖무덤같이 여기저기 봉분이 솟아 있었다. 무덤 앞에 이르자 비로소 우리 중 아무도 꽃 준비를 못 했다는 생각이 미쳤다. 밤인데다, 조금씩 취하여 꽃 가게가 눈에 띄지 않았던 것이다.

그러나 묘소에는 이미 하얀 장미가 놓여 있었다. 제법 깨끗한 것이 누군가가 최근에 들른 모양이었다. 우리는 누구인지 금방 알아차렸다. 하지만 아무도 입 밖에 내지 않았다. 아버지의 초라한 어깨를 떠올리며 묵묵히 절을 올렸다.

애도哀悼

자정이 가까워오자 문상객들이 모두 돌아갔다. 친정아버지의 장례 마지막 날 밤이었다. 내일 아침 일찍 산소를 가게 된 데다 형제들이 다 모인 자리라 잠들기 전 차라도 한 잔 마시기로 했다. 늦은 밤이어서 갓 말린 우엉차를 내놓았다. 셋째가 제 찻잔을 들여다보더니,

"누나, 내 차에는 우엉이 적게 들었네. 사심私心이 작용한 것 같아."

"이를 어째! 되는 대로 집어넣다 보니~."

"농담이야, 농담! 누나도!"

그는 과한 몸짓으로 너털웃음을 지었지만 나는 그의 수려한 얼굴 위로 언뜻 스치는 그늘 한 자락을 보고야 말았다.

형제가 많다 보면 상대적으로 서운한 사람이 생기기 마련이다. 어느 조직에서나 3%의 앞선 자와 그만큼의 밀린 자가 있는 것과 같은 이치다. 가정이 그러하고 사회가 그러하고 시대가 그러하다. 우리 집에서는 셋째가 그랬다. 5남매 중 딱 중간, 아들 셋 중에서도 둘째 아들이었다. 맏이라서, 몸이 약해서, 애교가 많아서, 공부를 잘 해서 부모의 사랑을 차지하는 형제들 사이에 끼어 그는 늘 관심 밖으로 밀려나 있었다.

형하고 다투면 건방지게 형한테 대든다고 혼나고, 동생을 때리면 형이 돼서 동생 하나 건사 못한다고 쥐어박혔다. 맞고 오면 사내자식이 못나게 맞고 다닌다고 야단맞고, 때리고 오면 커서 뭐 되려고 어린 것이 주먹부터 쓰느냐고 핀잔을 들었다. 운동회에서 달리기 일등을 해 와도, 초등 6년 개근상을 타 와도 칭찬해 주는 사람이 없었다. 이미 다른 누군가가 돋보이는 항목으로 부모의 관심을 끌었기 때문이었다.

군 입대를 위한 신체검사에서 형과 달리 일급 판정을 받았을 때 동생은 엄마가 자기한테는 한 번도 보약을 챙겨 준 적이 없었다고 말해 식구들을 민망하게 했다. 그랬다. 그는 건강했기 때문에 보약을 챙겨 먹이지 않았고, 평범했기 때문에 공부를 닦달하지 않았던 것이 사실이었다.

군대에 있을 때도 마찬가지였다. 맏이는 처음이라서, 막내는 몸이 약해서 온 가족이 음식을 싸 들고 면회를 갔지만 둘째는 그마저 하지 않았다. 최전방에서도 늘 잘 있다고만 하여 우리 모두 그러려니 하고 말았다. 우리는 그를 믿었고, 걱정하지 않았다. 편지마다 지낼만하다고 하니까 그러려니 했다, 어느 여름 그 사건이 있기 전까지는.

군에서 연락이 와서 부모와 내가 달려갔을 때는 사건이 종지부를 찍은 뒤였다. 평소 폭력적인 헌병에 욱하여 주먹을 휘둘렀던 것이었는데, 부대 내에서는 동생에 대한 중징계로 공포 분위기가 조성되고 있었다. 설상가상으로 예기치 못한 일이 발생했다. 쥐구멍에라도 들어가고 싶은 몰골을 한 아들을 본 아버지가 다짜고짜 따귀를 후려치고 말았던 것이었다. 전날 밤을 꼬박 새운 아버지의 걱정이 왜 그런 식으로 분출되었는지 나 또한 이해하기 어려운 순간이었다.

동생은 죄인처럼 고개를 떨궜지만 나는 그의 일그러진 얼굴에서 숨겨진 분노를 보았다. 이등병이었던 그가 상사에게 대들었을 때는 그로서도 할 말이 많았을 터였다. 그러나 그는 가족인 우리에게조차 아무것도 털어놓으려 하지 않았다. 뺨을 맞는 순간 작정한 듯 입을 닫았고, 눈을 맞추려 들지도 않았다. 오히려 우리가 빨리 돌아가 주기를 바라는 눈치였다.

무거운 침묵 끝에 그가 등을 돌렸을 때 나는 그의 각진 어깨가 세상을 향한 분노와 증오로 뭉쳐져 있음을 느꼈다. 그것은 오랜 세월 마음속 깊은 곳에 짐승처럼 몸을 웅크려 호시탐탐 포효할 때를 노려왔음에 틀림없었다. 그는 이 세상 그 누구도 제 편이 될 수 없다고 단정 짓고 있었다. 어쩌면 스스로 마음의 문을 닫아 자기 속에 갇혀 버렸는지도 몰랐다. 우리가 다시 면회를 갔을 때는 가족으로부터도 자취를 감춘 뒤였다. 월남 파병을 자원했던 것이었다.

군 복무를 마친 동생이 가족의 품으로 돌아왔을 때는 씩씩한 청년이 되어 있었다. 그는 그동안 자신의 상처를 건강하게 다스려 왔음이 틀림없었다. 몸속 깊이 똬리를 틀고 있었던 폭력성마저도 곰삭고 발효되어 사내다운 에너지로 승화된 것 같았다. 나는 동생이 성숙한 감성으로 그를 향한 아버지의 빗나간 사랑을 이해해 주기 바랐다. 인간의 내면에는 당사자가 감당할 수 없어 회피한 감정 덩어리들이 무의식층을 이루고 있다지만 그 또한 사랑의 다른 얼굴이 아니던가.

우엉차를 마신 형제들이 장례식장에 얼기설기 누워 잠을 청했다. 꿈인 듯 생시인 듯 신음소리에 눈을 떴다. 희미하게 새벽이 밝아오는 중에 어둠을 등진 남자의 모습이 보였다. 동생이었다. 그는 아버지의 영정 사진 앞에 붙박이처럼 꿇어앉아 있었다. 밤을 꼬박 밝혔음이 틀림없었다. 동생은 울고 있었다. 아니, 그것은 울음이 아니었다. 덩치 큰 짐승이 온몸으로 토해내는 신음소리였다.

"아버지."

동생이 통곡을 삼켰다. 대신 어깨가 심하게 흔들렸다. 나는 그가 아버지의 애도를 통해 자신을 애도하고 있음을 알았다. 또한 그 아픈 의식을 통해 망자와 화해하고 있음도 알았다. 얼마나 먼 길을 돌아왔던가. 사랑과 절망. 미움과 분노. 아픔과 상처. 나도 그의 등 뒤에서 두 손으로 입을 틀어막았다. 창이 밝아오고 있었다.

만남

유행가 가사에는 촌철살인의 반짝임이 있다. 이를테면 〈만남〉이라는 노래는 '우리 만남은 우연이 아니야. 그것은 우리의 바램이었어'로 시작한다. 나는 이 소절이 참 좋다. 당신과 나의 만남은 우연인 듯 보이지만 우연이 아니고 두 사람의 오랜 바람이 이슬방울처럼 모여서 이루어진 거라는 뜻이 아닌가.

오늘 나는 색다른 만남을 경험했다. 병원에서다. 월요일의 종합병원은 개장 직후의 어시장에 버금간다. 주말을 건너뛴 환자들이 대기실에서 앉지도 못하고 서성이며 차례를 기다리고 있다. 여기는 안과 기본검사실. 눈이 불편한 환자들이 의사를 만나기 전 시력과 안압을 체크하고 망막검사를 위해 동공을 열어두는 곳이다.

안압체크를 하고 몸을 돌리는 순간 헉! 나는 그들을 만났다. 형무소 교도관들이다. 검은 점퍼에 '교정'이라는 명패를 붙인 그들은 네댓 명이 한 조를 이루고 있다. 건장한 남자들이 같은 색의 점퍼를 입고 내 뒤에 서 있으니 분위기가 험악하다.

처음에는 그들이 무엇 하는 사람인지도 몰랐다. 여태껏 한 번도 그런 명패를 가슴에 단 사람을 만난 적이 없었기 때문이다. '교정'이라면 '바로잡는다'는 뜻일 터인데 무엇을 바로잡는다는 말인가? 등판에는 명패를 해설하듯이 영어로 'CORRECTION' 이라고 씌어 있다. 이 또한 목적어가 없어 본문에 버금가게 어려운 해설이다. 자세히 보니 그들에게 둘러싸여 있는 한 남자가 눈에 들어온다. 휠체어를 탄 수형자이다. 머리를 깎고 죄수복인지 환자복인지를 입었다. 수갑을 찬 듯 양손을 두터운 수건으로 덮고 있다.

검사를 마치고 진료순서를 기다리는 동안에도 그들과 나는 앞, 뒤로 서 있게 되었다. 같은 의사한테 배정이 되었기 때문이다. 예사롭지 않은 인연임에 틀림없었다. 같은 시간에, 동일한 목적으로 한 공간에 우리는 있었다.

용기 있는 한 남자가 궁금증을 참지 못하고 교도관에게 말을 걸었다. 상주교도소에서 온 수형자라는 답변이 돌아왔다. 상주에는 안과가 없느냐고 다시 묻자 안과는 있으나 종합병원이 없다고 했다.

"그 말은~ !"

수형자의 상태가 위중하다는 뜻으로 들렸다. 나까지 덩달아 반응한다. 교도관은 뜬금없이, "요즘 교도소 살기 좋아요." 한다.

수형자들 대우가 좋아져서 종합병원씩이나 데리고 다닌다는 뜻이겠지만 듣기에 불편하다. 교도소라면 죄를 지은 사람이 벌을 받는 곳일 터인데 아무려면 살기가 좋기까지 할까.

교도관과는 달리 수형자는 말이 없다. 얼굴을 가릴 정도의 큰 마스크를 쓴 데다 수갑을 차고, 휠체어 벨트로 몸을 묶고 있으니 조용할 수밖에 없을 것이다. 눈만 겨우 내어 놓아 남자인 것만 알아볼 정도이다. 그는 무슨 죄를 지은 것일까. 가족과 부모는 어떤 사람일까.

질문자가 또 다시 낮은 목소리로 묻는다. '강도?' 뉴스에 나오는 걸 보았다는 설명이다. 교도관이 즉답을 피하고 애매하게 웃는다.

나의 생각은 엉뚱하게도 학창시절로 날아간다. 외국 단편소설의 한 장면이다. 악명 높은 은행 강도가 크리스마스를 맞아 고향으로 내려간다. 그 뒤를 형사가 뒤쫓고 있다. 마을에 도착한 강도에게 난처한 일이 생겼다. 이웃집 아이가 집 안에 갇힌 상태에 현관문이 안에서 잠긴 것이다. 아이는 안에서 울고 엄마는 밖에서 동동거린다. 해결은 오직 고향으로 숨어든 강도만이 할 수 있다. 그는 지구상의 그 어떤 문이라도 열 수 있는 전문가이기 때문이다.

그러나 강도가 문을 해결하는 순간 자신의 신분이 들통날 뿐 아니라 뒤쫓고 있던 형사가 현장에서 바로 잡아갈 상황이다. 강도는 망설인다. 이윽고 그의 탁월한 솜씨로 문이 열리자 뒤쫓던 형사는 체포를 포기하고 등을 돌린다는 이야기다. 지금 저 사람은 어쩌다 강도가 되었을까. 수갑을 차고 앉아 일반인들을 바라보면서 무슨 생각을 할까.

한때는 내게도 세상이 좋음과 나쁨으로 칼로 자르듯이 구분되었던 시기가 있었다. 밝음과 어둠, 선과 악, 아름다움과 추함이 명쾌하게 나누어졌던 시절이다. 시간이 흐르면서 밝음 속에 어둠이 숨어있고, 선과 악이 겹쳐지기도 하며, 아름다움이 추함을 품고 있음을 알게 되었을 때 삶의 또 다른 결이 보였다. 바로 지금과 같은 경우이다.

지금 내가 이름도 모르는 저 수형자에게 일말의 연민을 품는다면 그것은 인지상정일 것이다. 반면에 그것은 어쩌면 무책임과 허영의 산물일는지도 모른다. 범죄에는 피해자가 있기 마련이고 사회 질서와 공공의 안녕을 위해서라도 가해자는 마땅히 벌을 받아야 하기 때문이다.

그러나 또 한편 오늘의 이 우연치 않은 만남으로 어떤 형태로든 그가 내 안에 스며들어 왔음까지 부인할 수는 없을 것이다. 교도관이 뜬금없이 "요즘 교도소 살기 좋아요."라고 말하는 것도 그가 이미 수형자를 '우리' 안으로 끌어들이고 있기 때문이 아닐까. 수형자 주제에 같잖다는 작은 의미 외에 종합병원까지 데리고 올 수 있어서 다행이라는 큰 뜻이 포함되어 있지 않을까.

　　진료순서가 되어 빈 커피 잔을 들고 일어서다가 수형자와 눈이 마주쳤다. 나는 그의 눈이 빛의 속도로 내 손 안의 종이컵을 훑었음을 느꼈다. 인간이 이렇게 허술하고 이기적이다. 한 모금 줄 수도 없는 상황이라면 보이지도 말았어야 옳았을 것이다. 나는 그가 나의 커피를 눈여겨보고 있을 줄 꿈에도 생각 못 했다. 왜 그랬을까. 한 발짝만 더 들어가 보면 알 수 있는 것 아닌가. 그는 수형자이지만 인간이었던 것이다. 커피 맛을 잘 아는 인간이었던 것이다.

　　교도관들은 달랐다. 기다리는 동안 그들은 담배도 커피도 입에 대지 않았다. 물조차 마시는 걸 보지 못했다. 수형자를 배려함이리라. 그들은 이미 수형자와 운명처럼 공존의 관계를 유지하는 사람들로 보였다. 우연인 듯 우연이 아닌, 공생공멸의 인연으로 묶어진 것 같았다. 나는 나를 구기듯 종이컵을 구겨 쓰레기통에 버렸다. 진료실에서 내 이름을 부르는 소리가 들렸다.

가족사진

　가족사진 한 장 정도는 있어야겠다는 생각이 들기 시작했다. 그 생각은 제법 오래 되었다. 자식들한테마저 말 못 하고 있었던 것은 남편의 부재 때문이었다. 그는 오래 전 세상을 떠났지만 내 게는 여전히 '부재중'이었다. 그의 부재가 가족을 미완의 상태에 머물게 했다. 부재중인 가장을 두고 어찌 가족사진을 찍겠는가.

　세월이 흐르고, 자식들이 또 다른 가정을 이루고, 무엇보다 나 또한 '부재'를 눈앞에 두고 있다는 사실에 직면하니 남은 가족끼리나마 사진 한 장은 남겨야 하지 않겠느냐는 생각이 들었다. 자식들이 반색을 했다. 넷 중 둘은 한국에 살고 둘은 외국에 사는 입장이라 여행 삼아 한국팀이 출국을 해서 그쪽 형제들과 합

치기로 했다.

섭외가 된 프랑스의 사진작가는 대단한 프로였다. 배우자들까지 합쳐 십여 명이나 되는 가족의 상황을 손바닥처럼 훤하게 꿰고 있어 놀라웠다. 큰애와의 사전 인터뷰가 주효했던 모양이었다. 드레스 차림, 정장 차림, 운동복 차림으로 상황에 맞추어 오후 내내 사진을 찍었다. 화기애애한 분위기였다. 스튜디오는 웃음소리가 끊이지 않았다. 멋 내느라 아들, 사위들까지 아내에게 얼굴을 맡긴 채 분첩 서비스를 받는 것도 미소를 짓게 했다.

"자, 이번에는 오리지널들끼리 포즈를 잡아볼까요?"

백씨들끼리만 찍어 보겠다는 얘기였다. 나는 잠깐 나의 신분을 망각했다. 당연한 듯이 소파로 가 앉았더니 작가가,

"이상하네요. 네 명이라야 하는데 왜 다섯 명이죠?"

자기 성姓도 모르는 등신이 누구인가 싶어 뒤를 흘낏 돌아보는 나를 보고 아들이,

"어머니도 백씨입니까."

한바탕 웃음이 터졌다. 그렇다. 나는 박씨보다 더 오랜 세월을 백씨로 살아왔다. 백씨한테 시집 와서 백씨 아이를 낳고 살았다. 인간에게 '길들임' 이란 얼마나 무서운가. 짧은 순간이나마 나는 나를 백씨로 착각하고 말았던 것이다. 그동안 나 자신을 아예 백씨로 알고 살아왔는지도 모를 일이다. 소파의 그 자리는 아마도

부재중인 그의 자리였을 것이다. 그가 살아있었다면 자식 넷을 병풍처럼 거느리고 자랑스럽게 앉아 있지 않았을까.

촬영을 마치자 예약된 레스토랑으로 저녁을 먹으러 갔다. 둘째 사위가 와인을 따르기 시작했다. 약속이라도 한 듯 우리의 마음속으로 부재중인 그가 들어왔다. 어렵게들 모여 가족사진을 찍고 있다는 소문을 들은 모양이었다. 성씨마저 혼돈한 나의 아둔함을 흉보고 싶었는지도 모른다. 아니면 오랜만에 자식들과 함께 와인이라도 한 잔 들고 싶었을까.

우리는 침묵 속에서 조용히 그를 맞이했다. 슬픔인지 그리움인지 눈앞이 흐려졌다. 그 없이 아직도 멀쩡하게 살아있음이, 그 없이 이렇게 염치없이 모여 있음이 미안하고 서운했다.

"다들 잘 하셨지만 어머님 표정이 특히 좋았어요."

작가가 말문을 열며 침묵을 깼다. 백 씨사진 때의 민망함을 털어보려는 배려일 것이다.

"그럴 리가요. 나이 들면 자기 성도 잊어버리는 모양이에요."

다시 하하 웃음이 번졌지만 내가 잠시 착각한 그 자리가 부재중인 가장의 자리였음을 모르는 사람은 없었다. 그가 없어 아직도 여전히 미완의 가족사진이 되었음도 모르는 사람이 없었다. 우리는 식사를 시작했다.

오래된 라디오

집 안 물건을 정리하다 보니 라디오가 3대나 있는 것을 알았다. 아이들이 초, 중등학생일 때 쓰던 것들이니 대충 20년은 넘긴 물건들이다. 어느 것이 누구의 것인지는 알 도리가 없다. 아이는 4명인데 라디오는 3대이니 당연한 일이다.

라디오의 성능을 점검해 보니 거기가 거기였다. 라디오 A는 대체로 FM이 잘 나오는 대신 AM이 시원찮고 라디오 B는 그 반대였다. 라디오 C는 소리는 제일 시원치 않은데 셋 중 모양이 가장 세련되고 예뻤다. 나는 분야별로 라디오의 채널을 고정시켜 놓았다.

식사시간이나 신문을 볼 때는 라디오 A에서 클래식을 즐긴다.

청소를 하거나 집안 일을 할 때는 라디오 B의 다양한 프로그램이 적당하다. 무슨 규칙같이 정해진 것은 아니나 나의 생활 패턴이 대체로 그러하다.

나에게 정해둔 규칙이 없듯이 그 녀석(라디오)들 또한 마찬가지다. FM이 잘 나오던 A가 어느 날은 오케스트라가 헝클어지고 난리 법석을 떨어서 AM으로 채널을 옮겼더니 순한 양처럼 깨끗한 소리를 내 보낸다. B 또한 마찬가지이다.

한번은 발코니 청소를 열심히 하고 있는데 밖에서 들어온 아들이 물었다. 엄마 요즘 미국방송 듣느냐고. 라디오 B가 방송 도중 제멋데로 미국으로 건너간 모양이었다.

보다 못한 아들이 오디오를 하나 사라고 돈을 조금 주었다. 백화점에 갔더니 오디오의 종류가 많기도 할뿐더러 책 한 권 분량의 사용설명서가 나를 질리게 했다. 포기하고 돌아와서 라디오 한 대를 켜니 그 어느 때보다도 상태가 좋았다. 나머지 두 대도 의논이라도 한 것처럼 소리가 깨끗했다. 기분이 좋아져서 커피를 뽑다 보니 오래 전 친구의 남편이 하던 말이 떠올랐다.

그는 대단한 클래식 마니아였다. 70년대 결혼했을 때 신혼집에 자신의 음악 감상실을 가지고 있을 정도였다. 벽을 꽉 채운 레코드판에다 어마어마하게 비싼 음향기를 갖춘 그 방에서 나는 단 한 대의 라디오를 보물처럼 끼고 사는 나의 초라한 삶을 슬퍼

했다.

집 구경하느라 그의 서재에 들렀을 때 책상 위에 오래된 라디오 한 대가 놓여있는 것을 보았다. 중학생 때부터 지금까지 애용하는 것이라고 했다. 저렇게 좋은 감상실을 가지고 있는 사람이 고물 라디오를?

나의 표정에서 의문점을 발견했는지 그가 말했다.

"결국은 모노로 돌아가게 되어 있어요. 감상실은 아주 가끔 이용합니다. 오늘처럼요, 하하."

나는 순간 학창시절에 읽었던 임어당의 에세이 한 편을 기억해 냈다. 제목도 생생한 「치약은 왜 샀던가」이다.

주인공은 양치할 때 소금을 사용하고 있었다. 이를 본 한 친구가 '치약'이라는 것이 개발되었으니 써 보라고 권유한다. 시키는 대로 하다가 신문에서 치약도 여러 종류가 있음을 발견한다. 어떤 사람은 이것이 좋고 어떤 사람은 저것이 좋다 한다. 권하는 대로 온갖 치약에 끌려 다니던 중 어느 날 한 연구 결과에서 치약 성분의 대부분이 결국은 소금 성분임을 발견한다. 주인공은 다시 소금으로 돌아가게 되었다는 내용이다.

젊은 날에 모노mono를 이해한 그의 혜안이 놀랍다. 나도 한때 휴대폰 액정에 'Simple is Beautiful'이라고 새겨 다닌 적이 있었다. 간절히 '단순한 삶'을 지향한 것도 사실이지만 일말의 허영

심도 있었음을 부인할 수 없다. 왜냐하면 아름다운 '단순'은 수 많은 '복잡'의 단계를 거쳐야 가능한 것인데 나는 늘 '복잡'의 첫 단계에서 허우적거리고 있었던 것이다.

이제 나는 오래된 라디오에서도 어찌할 수 없는 '복잡'을 본다. 너무 많은 채널과 기능을 가진 녀석들은 나의 손가락이 전원을 누를 때마다 몸살을 앓는다. 1밀리의 착오만 생겨도 지지지직 아우성을 치고, 두 개의 방송이 섞여서 시장터를 방불하게 할 때도 있다.

나 또한 그것들과 다름이 없으리. 내 속에 너무 많은 나를 가지고 있어 조금만 어긋나도 상처를 입는다. 언제쯤이면 위풍당당하게 모노로 돌아갈 수 있을까. 오래된 집에, 오래된 라디오와 오래된 사람이 서로의 '복잡'에 발목을 잡혀 낑낑거리며 살아가고 있다.

상사화相思花

시월이 되자 함양 상림공원이 상사화相思花로 붉게 물들기 시작했다. 신라 말 이곳 태수였던 최치원이 홍수 피해를 막기 위해 물길을 돌리고 둑을 쌓아 조성한 숲이 상사화와 함께 어우러져 장관을 이루고 있다.

상사화는 이름부터 슬픈 꽃이다. 잎이 있을 때는 꽃이 피지 않고 꽃이 져야 잎이 나기 때문에 꽃과 잎이 서로 그리워하는 것이 인간세계에서 서로 떨어져 사모하는 정인의 모습과 같다고 해서 붙여진 이름이다. 꽃말 역시 '이룰 수 없는 사랑' 혹은 '이루어지지 않는 사랑'이다.

신라 최고의 천재였던 최치원은 불운했다. 12살 어린 나이에 당나라에 유학을 가서 과거에 급제하여 금의환향했으나 신라는 그를 맞이할 준비가 되어 있지 않았다. 신라는 이미 지는 해였다. 임금은 방탕했고, 관리는 부패했으며, 나라는 기울었다. 혈통에 의해 개인의 운명이 결정되는 골품제骨品制 사회였기 때문에 육두품 신분이었던 그로서는 진골 독점체제를 극복할 수가 없었다. 심혈을 기울여 '시무십조時務十條'라는 사회개혁안을 만들어 왕께 올렸으나 무위에 그치자 그는 좌절하여 속세를 떠났다. 방랑 끝에 신라 땅에서 자취를 감추었지만, 신발만 남긴 채 가야산의 신선神仙이 되고 말았다고 전해질 뿐 그의 마지막은 년이 지난 지금까지도 베일에 싸여 있다.

최치원에게 안타까운 일화가 전해지고 있으니 쌍녀분雙女墳에 얽힌 설화이다. 쌍녀분은 최치원이 당나라에서 율수현 현위로 근무할 때 자신이 관할하는 지역을 시찰하던 중 발견한 무덤이다. 무덤에는 처녀 두 명이 묻혀 있었다. 아름다운 용모에 재기가 넘쳤지만 아버지가 돈에 눈이 멀어 늙은 소금 장수와 차 장수에게 억지로 시집보내려 하자 이를 거부하며 스스로 목숨을 끊고 말았다. 사연을 들은 최치원은 자매의 죽음을 애도하며 비석을 세우고 시를 지어 외로운 혼백을 위로했다.

그날 밤 최치원이 역관에서 잠을 자는데 자매가 찾아왔다. 자매는 최치원에게 자신들의 불행한 신세를 토로했고, 이를 딱하게 여긴 최치원은 자매를 극진히 대접했다. 세 사람은 서로 술을 권하며 달과 바람을 시제 삼아 시를 짓고 노래를 들으며 즐겼다. 이윽고 셋은 서로를 받아들여 한 이불 아래서 사랑을 나누었으니 이를 설화집 신라수이전新羅殊異傳에서는 이렇게 전하고 있다.

"깨끗한 베개 세 개를 나란히 놓아두고 새 이불을 펼친 다음, 세 사람이 한 이불에 누우니 곡진하고 다사로운 정은 이루 말할 수 없었다."

하지만 이들에게 하늘이 허락한 사랑은 오직 하룻밤만이었다. 인간과 귀신의 사랑이었기 때문이다. 날이 새자 두 낭자는 평생토록 연모하겠노라 다짐하며 황황히 사라졌다. 최치원은 꿈이 실제처럼 생생한 데다 자매에 대한 정도 깊어 무덤으로 달려가 다시 두 낭자를 애도했다고 한다.

누군가를 연모戀慕함에 그 대상이 이승과 저승이어도 가능한 일일까. 최치원과 관련된 쌍녀분의 전설은 물론 후대에 만들어진 이야기일 것이다. 최치원이라는 이십 대의 젊은 지식인이 쌍녀분에 대해 애민사상을 발휘한 것을 두고 후대의 사람들이 전설을 만들어냈을 수도 있다.

쌍녀분을 찾았을 때의 최치원은 전도양양한 젊은이었고, 요절한 두 낭자는 스스로 목숨을 끊은 한 많은 여인들이 아니던가. 최치원은 젊은 기백으로 두 낭자의 넋을 위로했을 것이고, 사람들이 여기에 살을 입혀 전설을 만들어냈을 것이다. 그렇다 하더라도 최치원이 그때 두 낭자의 넋을 위로하느라 썼다는 '뜬구름 같은 이 세상의 영화는 꿈속의 꿈(浮世榮華夢中夢)'이라는 구절은 상사화의 '이루어질 수 없는 사랑'을 예견한 것이 아닐까. 그가 좌절과 울분 속에 살았을 이곳 상림공원에 천 년이 넘어 저리도 상사화가 만발한 것을 두고 우연이라고만 할 수 있을까.

걸음을 옮겨 산책로로 접어든다. 길을 따라 좌우로 붉게 핀 상사화가 허리를 곧추세우고 서 있는 품이 누군가를 애타게 기다리는 모양새다. 상사화는 무리 식물이다. 여름까지 자취도 없던 것이 가을이 되면 불현듯 꽃대를 밀어 올려 붉디붉은 꽃을 무더기로 피워 올린다. 일생을 두고도 꽃과 잎이 만나지 못하는 기막힌 운명의 꽃 상사화. 기다림에 지쳐 목을 늘인 꽃술은 이미 갈기갈기 찢겨졌다.

하늘이 내린 그들의 하룻밤을 생각한다. 평생의 한을 풀었다던 두 낭자는 아직도 최치원을 연모하고 있을까. 지고지순한 자매의 사랑은 시대를 거스른 한 불운한 지식인에게 다소나마 위안이 되었을까.

날이 저문다. 한 줄기 강바람이 꽃대를 건드리자 꽃잎이 파르르 떨며 우수수 떨어진다. 석양마저 보태어 사방은 온통 물감을 뿌린 듯 붉은데, 때 이른 저녁달이 차마 자리를 뜨지 못하고 천 년의 숲을 내려다보고 있다.

심초석心礎石

소 한 마리도 그려본 적이 없는 사람이 한국미술사 공부 모임에 들어갔다면 '소가 웃을 일'이다. 그러나 그 모임에서는 그림은 그리지 않는다고 했다. 시험도 치지 않는다고 했다. 이름 그대로 한국미술의 흐름을 공부한다기에 들어갔더니 한 학기 내내 PPT로 탑塔만 보여주었다. 신라탑, 고려탑, 목탑, 전탑, 석탑 등을 보다가 오늘은 단체로 버스를 내어 경주 일원으로 탑을 직접 찾아 나섰다. 그 중에서도 내 눈을 끈 것은 황룡사 9층 목탑이었다.

동양 최고의 목조 건물이었다는 황룡사 9층탑은 지금은 소실되어 황량한 절터만 남아 있다. 진흥왕에서 진평왕을 거쳐 선덕 여왕에 이르기까지 100여 년에 걸쳐 완성했으나 몽고 침입 때 한순간에 불타고 말았다. 9층탑의 '9'는 '많다' 혹은 '극極'을 의미하여 주변 9개 나라를 모두 아우르는 신라 중심의 우주관을 표현했다지만 먼지를 일으키며 말을 달려 침범해 오는 몽고군에게는 역부족이었던 모양이었다. 탑은 온데간데없고 지금은 광활한 빈터에 주춧돌만 남아 있었다. 초겨울이라 스산한 날씨에 바람까지 불어 해설사의 희끗희끗한 머리칼을 흩어 놓는데, 눈을 확 끌어당기는 것이 있었다. 드문드문 주춧돌이 보이는 한 가운데 우뚝 선, 무려 30톤이나 된다는 돌덩어리였다.

"잘생겼지요? 심초석心礎石입니다. 탑 기둥의 기초가 되는 돌이지요. 몇 년 전 이곳이 발굴될 때~"

해설사는 심초석을 부드럽게 쓰다듬으며 눈을 먼 곳으로 주었다. 탑이 불탄 지 740년 후의 발굴 현장이었다. 그는 이마에 깊은 주름을 잡으며 당시를 회상했다.

"이걸 들어 올릴 때 저는 심장이 멎는 줄 알았지요."

포클레인 기사가 30톤 무게의 심초석을 들어 올리자마자 조사원들이 겁도 없이 돌 아래로 들어간 것이었다. 심초석을 제자리에 내려놓을 때 잔존 유물이 파괴되는 걸 우려해서였다. 돌이 얼마나 무거웠던지 들고 있던 포클레인이 휘청거릴 정도였다. 그들은 위험을 무릅쓰고 돌 아래로 몸을 던져 조상들의 유물을 샅샅이 훑었다. 예상은 적중했다. 심초석이 놓였던 자리를 파 들어가자 청동거울과 금동 귀고리, 청동 그릇, 당나라 백자항아리 등 3000여 점의 유물이 한꺼번에 쏟아졌다. 탑을 세울 때 귀족들이 사용하던 장신구와 부처에게 바친 공양품과 액땜을 위해 땅속에 묻은 예물들이었다.

설명이 끝나 일행이 자리를 뜨는 동안 나는 혼자 천천히 돌에게로 다가갔다. 너무 크고 무거운 나머지 제 아무리 몽고군이라도 훔쳐갈 수 없었을 돌이었다. 1400년 전 왕을 움직여 9층 목탑을 쌓게 한 이 돌은 어떻게 여기까지 오게 되었을까. 이 돌을 딛고 일어선 9층 목탑은 얼마나 늠름하고 당당했을까. 경주는 광활한 분지로 되어 있기 때문에 백성들은 어디서든 80미터나 되는 목탑을 바라볼 수 있었을 것이었다. 밭을 갈다가 나무를 베다가 아궁이에 불을 때다가 문득 하늘에 이르는 탑을 보기 위해 고개를 들지 않았을까.

해설사 또한 차마 자리를 뜨지 못하고 2010년 삼성물산이 시공한 버즈 두바이Burj Duai 칼리파 빌딩을 화제에 올렸다. 828미터나 되는 세계 최고의 건축물이었다. 그는 두바이의 원동력을 1400년 전 황룡사 9층탑을 건설했던 한국 기술력의 DNA에서 찾아야 한다고 열변을 토했다. 또한 그는 2034년경에는 9층 목탑이 원래의 모습대로 복원되어 우리 민족의 위대한 기상과 우수성을 전 세계에 알릴 수 있는 좋은 계기가 될 것이라고 흥분했다.

인간이나 사물이나 그것을 있게 하고 떠받치는 심초석이 있기 마련이다. 현존하는 목탑 중 가장 오래되었다는 중국 불궁사의 목탑보다 무려 400년이나 앞서 건축되고 17미터나 더 높다는 황룡사 9층탑 또한 저 믿음직한 심초석이 사력을 다해 떠받치고 있었기에 가능했을 것이었다. 심초석이 있었기에 탑은 국민의 통일 염원을 모으는 구심점 역할을 하여 왕실과 백성이 혼연일체가 되는 시너지를 창출했으리라.

나는 미련하여 이순耳順에 이르기까지 나의 심초석을 인식하지 못했다. 나의 존재를 비나 물, 공기처럼 당연하고 마땅한 '자연현상'으로만 받아들였다. 이순에 이르러 비로소 부모님이라는 불가사의한 존재가 나의 모든 것을 떠받치고 있는 심초석임을 알았을 때 나는 그동안 한 번도 감사해 본 적이 없는 나를 자책했다. 나는 부모님에게 '감사하다'는 말을 하고 싶었다. 큰 절이라도 올리며 나를 있게 한 부모님의 노고에 진심 어린 사랑을 전하고 싶었다. 그러나 부모님은 이미 이 세상에 계시지 않았다.

"뭐 하세요? 분황사로 이동한다는데요."

일행의 독촉을 받고서야 나는 자리를 떴다. 무거운 걸음으로 일행을 뒤따르며 몇 번이고 심초석을 돌아보았다. 돌은 말이 없었다. 말 없음으로 거기, 역사의 흔적만이 남아있는 자리에 하늘을 이고 묵묵히 서 있었다. 그것은 돌아가신 나의 아버지와 어머니의 모습이기도 했다. 부모님은 팔을 들어 어서 가라고 재촉하는 것 같았다. 나는 울컥하여 걸음을 멈추고 잠시 두 손을 모았다.

카사블랑카

카사블랑카(하얀 집). 이름만으로는 도박의 도시 같은 느낌이 든다. 왜 하필 카사블랑카일까. 눈부시게 흰 이슬람 사원들이 푸른 하늘을 이고 서 있어서일까. 지배자의 낭만적 호기심 때문일까.

카사블랑카는 모로코 제1의 항구도시이다. 내로라하는 한량들이 대서양을 바라보며 일주일쯤 묵어가는 곳이며, 험프리 보가트와 잉그리드 버그만의 아름다운 사랑이 우리들 마음에 남아있는 곳이다.

그러나 화려한 이면에는 수백 년에 이른 이슬람과 기독교의 투쟁 흔적이 고스란히 남아있다. 항구로 통하는 대로大路에는 관광객들을 대상으로 한 은행과 호텔, 현대적인 대형 상점들이 늘어서 있지만, 누벽이 둘려 있는 아랍인 구역에는 좁은 골목길에 흰 도료를 칠한 벽돌집과 석조 가옥이 미로처럼 얽혀 있다. 해안 서쪽으로는 유럽식 정원과 별장들이 줄을 이었지만 시 외곽의 판자촌에서는 가난한 이슬람교도들이 전성기 때의 옛날을 회상하며 살고 있기도 하다.

무하마드 5세 광장에서 기념사진을 찍는다. 무하마드 5세는 프랑스로부터 독립을 쟁취한 모로코의 국부이다. 광장은 카사블랑카의 최중앙, 번화가에 자리 잡고 있다. 사람 수 만큼이나 비둘기가 많아 현지인들 사이에는 비둘기 광장이라고도 부른다.

어느 나라나 광장에는 각양각색의 인간이 모여든다. 카사블랑카에는 의상부터가 남다르다. 한여름이라 최대한의 노출을 즐기는 외국인들과 달리 현지인들은 남녀노소 구분 없이 천으로 온몸을 가리고 있다. 부르카, 차도르, 니캅, 히잡 등의 이슬람 의상들이다. 젊은이들은 대체로 히잡을 많이 쓴다. 머리와 목을 가리는 정도라 루이비통, 구찌 등 명품 브랜드들이 패션 아이템으로도 활용하고 있다고 한다.

자전거를 타고 있는 십 대들이 오더니 일본에서 왔느냐고 묻는다. 한국에서 왔다고 했더니, 오! 코리아! 열광하면서 빅뱅과 방탄소년단을 들먹인다. 덩달아 반가워서 이것저것 물어보고 사진도 찍었는데, 구태여 자신들의 핸드폰으로도 찍어달라고 조른다. 친구들한테 자랑할 거라고 난리다.

분수대 주변의 이슬람 가족들에게 눈이 간다. 온 가족이 더위를 피해 광장으로 나온 것 같은데 얼굴만 내어놓은 차도르 차림이다. 사진 같이 찍겠느냐고 물어보기도 전에 저쪽에서 먼저 만면에 웃음을 띠며 우리에게 다가온다. 웃음은 세계 공통 언어이다. 이 사람들은 특유의 인간적 미소를 지녔다. 적으로 하여금 무장을 해제시키는 마력이 있다. 나는 손자로 보이는 아이를 껴안고 포즈를 취한다.

그때였다. 도로변 야자수 아래에서 셀카를 찍고 있는 한 여인이 나의 시선을 붙잡았다. 온몸을 검정 천으로 가리고 눈만 내어놓은 니캅 차림이었다.

40도의 무더위에 온몸을 덮은 채 군중에서 비켜나 셀카를 찍고 있는 여인. 나는 천천히 여인에게로 다가갔다. 우리 팀과 함께 사진을 찍겠느냐고 물었다. 남자가 섞여 있어서 안 된다는 답이 돌아왔다. 그럼 여자끼리면 괜찮겠느냐고 물어 가까스로 허락을 얻었다. 옆에 선 순간 나는 다시 놀랐다. 니캅 너머로 보이는 얼굴은 곱게 단장이 되어 있었다. 아무에게도 보일 수 없고 자신만 아는 얼굴임에도 영화배우처럼 공을 들여 화장을 하고 있었던 것이었다. 나는 마음이 착잡해졌다. 누가, 무엇이 이 아름다운 여인을 이토록 구속하는가.

오래전 신문에서 읽은 짧은 기사 하나가 떠올랐다. 이슬람의 어느 갓 결혼한 신부가 랍비에게 질문한 내용이었다.

"부부끼리는 알몸을 볼 수 있나요?"

랍비가 점잖게 대답했다.

"네. 그러나 자세히 보아서는 안 됩니다."

또 다른 기사. 이조시대 우리의 할머니들이 젊은 날 이슬람 여인들처럼 쓰개치마를 덮어쓰고 다녔을 때, 골목에서 남정네들을 지나치고 나면 슬그머니 뒤돌아보더라고 했다. 인간의 본능이다. 이를 두고 유럽의 어느 정신분석가는 "억압하는 것은 반드시 회귀한다."고 했던가.

날이 저물고 우리를 싣고 갈 차가 도착했다. 일행 중 누군가가 대서양 해변가에서 커피라도 한잔 하고 가자고 했으나 묵살되었다. 나는 그보다 여기 어디 영화 〈카사블랑카〉의 무대가 되었던 바bar가 있다던데 거기서 술이나 한잔 하고 싶었으나 참았다. 이슬람 사원을 직접 보았고, 그들 삶의 단편을 본 것으로 만족하기로 했다. 나라마다 시대에 따라 문화가 다른 걸 어쩌겠는가. 우리는 버스를 타고 탕헤르로 출발했다. 굿바이, 카사블랑카.

아하

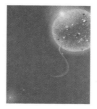

팩트 체크

스마트폰으로 방금 찍은 사진 한 장을 놓고 의견이 분분하다. 모두 4명이다. 생일 케이크를 둘러싸고 해피 버스데이를 하는 중이다.

나와 또 한 사람은 카메라를 향하고 있으니 문제될 것이 없다. 남자 한 사람, A도 생일 케이크에 불을 끄고 있는 모습이 자연스럽다. 자신의 생일 모임이었기 때문이다. 문제는 남은 한 사람, 영희이다. 영희는 A의 가족도 형제도 아니다. 나처럼 죽이 맞는 사회친구일 따름이다. 그런데 그녀는 왜 사진 속에서 A와 함께 촛불을 불고 있을까. 입을 동그랗게 오므려 내민 채 촛불을 바라보고 있을까.

영희는 A를 돕고 싶었다고 말한다. A로 말하자면 60대의, 건장한 남자이다. 케이크에 꽂힌 촛불도 고작 3개이다. 축하객이 3명이기도 했지만 믿음, 소망, 사랑의 의미를 담았기 때문이다. 가늘고 조그마한 촛불 3개 끄기가 건장한 남자에게 버거운 일이었을까.

A의 청력이 떨어져서 신경이 쓰였다고도 말한다. 지금도 A는 우리와 편안하게 대화를 하는 중이다. 나이 들면 청력이 둔해지는 건 당연한 일인데 영희는 왜 유독 A에게 마음이 쓰였을까. 눈앞에 있는 촛불을 입으로 불어 끄는 데도 고도의 청력이 필요했을까.

팩트 체크는 난항에 난항을 거듭했다. 소크라테스가 나오고 프로이트가 등장했다. A는 진땀을 흘리며 영희를 변호했다. 두 사람이 앞서거니 뒤서거니 해명을 하는 동안 나는 자리에서 일어나 과일과 커피를 챙겨왔다. 촛불 끈 케이크을 곁들여 먹으니 한결 맛이 있었다.

작심삼일

연초年初에 세운 다이어트 계획에 전운이 감돈다. 작심삼일作
心三日이 되려나?

새해를 맞아 잠시 귀국한 딸아이가 실내용 자전거를 사 주고
갔다. 한 해 동안 체중을 1kg만 줄여보라는 권고였다. 나는 반색
했다. 뉴스 볼 동안만 자전거를 탄다 해도 1kg 감량은 문제없을
것 같았다. 자전거는 거실 TV 맞은편에 놓였다.

휴가 온 아들이 자전거를 주목했다.

"좋은데요, 누나가 큰돈 썼네."

아들은 자전거가 마음에 드는 모양이었다. 제 키와 다리에 맞
춰 이것저것 조작하더니 며칠 동안 TV를 보며 신나게 탔다.

아들이 돌아가자 자전거에 올라 보았다. 무얼 어떻게 조작했는지 발이 페달에 닿지가 않았다. 바퀴도 저 혼자 쏜살같이 돌아갔다. 무심한 아들이 저 좋은 대로 기능을 맞춰놓고는 원상복귀를 안 해둔 탓이었다. 기계치인 나는 이것저것 눌러보다가 내려오고 말았다.

우여곡절 끝에 자전거가 회복되어 운동을 시작했다. 스마트폰으로 딸에게 자전거 타는 모습을 찍어 보내며 몸이 한결 가벼워졌다고 자랑도 했다. 딸도 기분이 좋아져서 이번 다이어트에 성공만 하면 몸에 꼭 맞는 재킷 하나 선물하겠다고 호기를 부렸다.

며칠 안 가 엉덩이 쪽에 작은 뾰두라지가 생겼다. 뾰두라지는 세력을 키우더니 곪을 조짐을 보였다. 물오르기 시작한 자전거 타기에 브레이크가 걸렸다. 땀 닦으려던 수건만 싱겁게 자전거 손잡이에 걸렸다.

뾰두라지가 나을 무렵 이번에는 계단에서 넘어져 팔을 부러뜨리고 말았다. 팔꿈치 골절이었다. 의사는 겨드랑이까지 깁스를 하더니 어깨걸이로 팔을 고정시켜 놓았다. 그 상태로 자전거를 타는 것은 위험했다. 세수할 때나 잠잘 때 푸는 깁스걸이만 조신하게 자전거 손잡이에 걸렸다.

딸이 영상통화를 걸어왔다. 말도 많고 탈도 많은 전후사정을

듣다가,

"잠깐만요!"

딸은 침을 꼴깍 삼켰다.

"자전거에 걸린 것들은 뭐예요?"

아뿔싸! 나는 죄인처럼 후드득 놀라 카메라에 비친 자전거를 몸으로 가렸다. 손바닥으로 하늘을 가린 형국이었다. 딸이 사 준 자전거에는 운동은 없고 수건에, 깁스걸이에, 입다 만 스웨터까지 주렁주렁 걸려 있었다. 작심삼일 조짐을 보이는 다이어트의 전리품들이 '오등吾等은 옷걸이임을 선언하노라'고 팔 벌려 외치고 있는 것 같았다.

말 한마디

말 한마디 하는 게 그리 어려운가. 윤주 씨 남자친구 이야기다. 윤주 씨는 정말 아름다운 눈을 가졌다. 같은 여자인 내가 봐도 반할 정도이다.

"남자친구가 눈 예쁘다고 하지요?"

나의 질문에 그녀가 펄쩍 뛴다.

"아아뇨. 그 사람 그런 말 안 해요!"

그럼 만나면 무슨 얘기 하느냐 물으니

"그냥 뭐~. 날씨 이야기도 하고"

듣고 보니 내가 다 서운하다. 날씨 이야기야 기상 캐스터나 결혼한 지 30년쯤 되는 노부부들에게 양보해도 되는 거 아닌가. 젊은 사람이 여자 친구의 아름다운 눈에 감탄이나 좀 하지.

TV에서는 한술 더 뜬다. '사랑한다'는 말을 듣고 싶은 여자가 남편에게 묻는다. '자기 외국어 잘하지? 프랑스어로 사랑한다는 말은 뭐라고 해?' '즈 뗌므.' '독일어로는?' '이히 리베 디.' '중 국어로는?' '워 아이 니.' 이탈리아어로는? 스페인어로는? 일본 어로는? 신이 난 남자에게 여자가 재빨리 묻는다. '한국어로는?' 남자의 입이 순간 닫히고 만다. 한국어로는 생각이 안 나는 모양 이다. 알아도 말할 수 없는 것일까. 죽을 때까지 비밀에 부쳐두 도록 악마의 지령이라도 받은 것일까. 남자가 말한다. 다 아는 얘기를 왜 꼭 말해야 하느냐고. 여자가 대답한다. 돈 드는 일도 아닌데 하면 좀 어떠냐고.

침묵은 금이요, 웅변은 은이라는 시절이 있었다. 호랑이 담배 피우던 시절이다. 어쩌면 그때는 말을 하면 입이 부르트거나 전 염병에 걸렸는지도 모를 일이다. 학교에서는 돈을 아끼듯 말을 아껴야 한다고 가르치고, 마을 어귀에서는 마녀가 나타나서 사 람들의 입에다 거미줄을 쳐야 한다고 주장했을 수도 있다. 함무 라비 법전 어딘가에도 말을 많이 하면 벌금을 부과한다는 조항 이 있었던 것이 아닐까.

세상이 달라졌다. 꽃을 보면 소리 내어 이름을 불러주고, 새에 게도 친절하게 말을 걸며, 과일에도 모차르트를 들려주는 시대 가 되었다. 사랑인들 오죽하랴. 눈 예쁘다고 말하는 남자를 두고 화를 내는 여자가 있을까. 당신 최고라고 말하는 여자 앞에 총을 빼드는 남자가 있을까. 좋은 말은 아끼지 않는 것이 좋다. 사랑도 워딩이다.

죽을 죄

    단체로 1박 2일 여수 여행을 하게 되었다. 운 좋게도 숙소 4동을 마음 놓고 쓸 수가 있어 선생인 내가 나름 합리적으로 인원을 배정했다. 문제는 그 배정이 무용지물이 된 데 있었다. 밤바다를 가로질러 야간 케이블카를 탄 후 숙소로 돌아와 술판이 벌어진 것이 발단이었다. 술잔이 돌고 열띤 토론이 이어지다 보니 한 잔 더 하자는 그룹이 생겨 졸지에 방 배정이 실타래처럼 얽히고 말았다. 처음에는 남녀로, 다음에는 주류酒類와 비주류로, 마지막에는 60세 이상과 이하로 나뉘어지다가, 그마저도 마침내 뒤죽박죽이 되어 버렸다.

    이튿날 아침 버스 안. 벚꽃이 만발한 쌍계사로 가는 도중 A가

포문을 열었다. 어젯밤 한잠도 못 잤다는 얘기였다. 화장실에 들어간 사람이 나오지를 않는 데다가 이른 새벽 알람으로 노래 소리를 틀어놓은 바람에 밤을 꼬박 새웠다는 것이었다. 알람주인이 일어나 사과를 했다.

"죽을죄를 지었습니다."

그만 일로 죽을죄라니! 폭소가 끝나기도 전에 B가 번쩍 손을 들었다. 남자회원이었다. 자기야말로 한잠도 못 잤다고 고백했다. 자기 방을 무단 침입한 여자회원들 때문에 잠을 놓치고 말았다는 것이었다.

"우리가 어쨌기에? 이불 꺼내 온 것밖에 없는데?"

남자가 황급히 대답했다.

"순결을 지키려다 보니~"

"뭐라구욧!"

순결남이 일어나 손까지 모으며 사죄를 했다.

"미안합니다. 죽을죄를 지었습니다."

듣고 보니 자기야말로 방 배정을 헝클어 놓은 주범인 것 같다며 C가 몸을 벌떡 일으켰다. 양귀비를 닮은 여자 회원이 술자리에서 어찌나 웃기는지 배꼽이 빠져 그 배꼽 찾아 여수 밤바다를 헤매느라 밤을 꼬박 밝혔다는 것이었다. 양귀비가 황급히 일어나 사태를 수습했다.

"죄송합니다. 죄송합니다. 죽을죄를 지었습니다."

눈물까지 찔끔거리는 바람에 C가 티슈 2장을 뽑아 양귀비에게 건네자, 옆에 앉은 A,

"저는 왜 안 주세요?"

당황한 C, 얼른 한 장을 뽑아주니 다시 A,

"저는 왜 한 장만 주세요?"

"아 예~"

한 장을 더 뽑아주다가 머리를 깊이 조아리며

"용서하십시오. 죽을죄를 지었습니다."

"모두 주목! 이쪽을 주목해 주세요."

회장이 일어나 손을 들어 시선을 모았다.

"죄인들 앞에서 자랑을 좀 하겠습니다. 저는 어젯밤 우리 숙소의 모든 여인을 만족시키고 편안한 밤을 보냈습니다. 우리는 아주 잘 잤습니다."

회원들은 일제히 서로의 얼굴을 처다보았다. 어젯밤 저 집에서는 무슨 일이 있었기에? 일일 것도 없었다. 그는 술을 한 방울도 못 하는 사람으로 일찌감치 잠자리에 들었던 것이었다. 새벽을 틈타 산책을 위해 방을 빠져나가니 그가 어느 숙소에 묵었는지도 아는 사람이 없었다.

그는 혼자서 이른 새벽 벚꽃이 만발한 해변을 산책했던 모양
이었다. 일출이 얼마나 대단했던지를 말하다 보니 버스 안의 죄
인들은 일제히 잠에 떨어지고 있었다. 창밖에는 섬진강이 꿈꾸
듯 햇빛을 안고 반짝이는데, 벚꽃이 난분분 봄바람에 날리며 소
곤대는 것 같았다.

　"쯧쯧, 회장이라는 사람이, 자기야말로 죽을죄를 지은 줄도
모르고."

디 엔드 The End

"경상도 남자들은 워딩에 약한 편이다."라고 하면 더러는 몽둥이를 들고 쫓아오겠지만 5분만 참고 들어보시라. 내 친구네 집 이야기다.

친구의 딸 순이는 할아버지, 아버지, 오빠 모두가 하루 종일 집에 있어도 말 두 마디를 안 하는 남자들이라 결혼은 무슨 일이 있어도 싹싹하고 연한 남자와 하리라 마음먹었다. 내 친구 순이 엄마 역시 입에 곰팡내 나는 남자 몸서리난다고 사위만은 속 시원한 남자를 보겠다고 벼르고 있었다.

혼처가 나타났다. 외모도 단정하고 직장도 탄탄한, 무엇보다 경상도 남자 같지 않게 나긋나긋하고 세련된 신랑이라 하여 순이를 꽃단장시켜 총각이 기다리는 카페로 내보냈다.

점심을 같이하고 커피도 마신 순이가 돌아왔는데 표정이 밝지 않았다. 말이 너무 많더라는 것이었다. 가족끼리 집에서 식사할 때는 화난 사람들처럼 밥그릇만 쳐다보고 먹어서 불만이었는데 이 남자는 어찌나 잔망스러운지 음식마다 시시콜콜 입을 대면서 '찬 음식이 식욕을 돋우거든요. 이것부터 드세요.' '고기가 너무 익은 것 같아요. 채끝살은 미디엄이 좋은데~,' '이 음식은 뜨거울 때 먹는 게 좋아요. 식기 전에 드셔 보세요.' 하는 통에 숟가락을 확 집어던지고 싶더라는 것이었다.

순이 엄마가 딸을 달랬다. 튀어나온 입을 쥐어박기까지 했다.

"홍보계통 일을 하다 보니 습관화된 거겠지. 이 집 남자들 봐라. 말하다 죽은 귀신 붙은 거마냥 문장이 없잖냐, 단어만 있지."

연애도 못 하는 주제에 지 분수도 모르고 까탈을 부린다고 딸을 윽박질렀다. 싫다는 딸을 삼세판은 만나봐야 후회 안 한다며 이번에는 영화도 한 편 보고 오라고 내쫓듯이 해서 보냈다.

딸이 돌아왔다. 연인들의 시간인 저녁 무렵이라 예감이 좋지 않았다. 와인이라도 한 잔 마시며 영화 본 소감이라도 나누지 않고? 방까지 따라 들어갔더니 순이는 물부터 크게 한 잔 벌컥벌컥 들이켰다.

"엄마~."

영화를 보는데 눈이 아닌 입으로 보더라고 했다. 배우와 감독이 어떻고, 스폰서는 누구이며, 제작비는 얼마 들었고~.

한순간 조용하기에 돌아보았더니 영화는 클라이막스인데 총각은 꾸벅꾸벅 졸고 있었다. 결정적인 사건은 그 다음에 일어났다. 영화가 끝나고 화면에 〈The End〉라는 자막이 뜨자 잠을 깬 총각이 큰 소리로 '더 엔드!' 라고 읽는 것이 아닌가. 그의 입은 눈과 동시에 자동으로 열리는 모양이었다. 관객들이 힐끔힐끔 이쪽을 돌아보았다. 여기저기서 낮은 웃음소리가 들려왔다. 잠결이었는지 실수였는지 '디 엔드' 가 '더 엔드' 가 된 것이다.

결국 그 사람과 '디 엔드' 한 순이는 오빠와 판박이인 오빠 친구와 결혼했다. 지난 연말에 우연히 만나 커피를 한 잔 마셨는데 즈네 엄마와 똑같이 곰탱이 남편을 지겨워하고 있었다. 그런데 웬일인지 '디 엔드' 는 고려하지 않는 것 같았다.

중국집에서

본의 아니게 중국집에서 혼자 짜장면을 먹게 되었다. 만나기로 한 친구에게 사정이 생겼기 때문이었다. 오래 기다린 데다 엽차까지 마신 터라 그대로 일어날 수는 없었다. 간짜장을 하나 시켰다.

옆 좌석에 부자父子인 듯 보이는 손님에게 눈이 갔다. 70대의 아버지와 50대의 아들로 짐작되었다. 수수한 차림이었다. 탕수육을 하나 시켜놓고 배갈을 마시고 있었다. 눈이 간 이유는 두 사람 모두 벙어리인가 싶었기 때문이었다. 아까부터 단 한 마디도 없었다. 화가 난 것도 아닌 듯싶었다. 기분은 오히려 좋아보였다. 술을 교환하고, 간간히 안주를 집었다.

아니었다. 내가 막 짜장면을 시작하려 하자 아버지 쪽에서 한

마디 새어 나왔다.

"애쓸 것 없다."

"아닙니다. 꼭 갚겠습니다."

두 사람은 다시 벙어리로 돌아갔다. 술만 교환했다. 간간히 잔
도 부딪쳤다. 아버지가 문득,

"엄마는 모른다."

"네."

남은 술을 마저 들더니,

"에미한테도 암 말 마라."

"네."

두 사람은 일어났고, 나는 짜장면을 마저 먹었다. 아내한테도
말 안 하고 며느리한테도 아무 말 말라던 초로의 아버지가 거목
처럼 느껴졌다. 세월이 흘러 아버지가 죽고 나면 아들 역시 그리
될 것 같아 보기에 좋았다. 나는 짜장면 한 그릇을 깨끗이 비웠
다.

렛 잇 비Let it be

설거지를 하다 보니 밥공기 두 개가 딱 들어붙어 있다. 손으로 떼어도 안 되고, 돌려봐도 안 되고, 비틀어도 말을 안 듣는다. 조가비가 입을 다물듯 두 개가 붙어 꼼짝을 않는다. 냄비에 물을 끓여 담가도 보고, 반대로 찬물로 씻어 봐도 헛일이다. 나 몰래 즈네들끼리 작당을 하여 업고 업히어 떨어지지를 않는 것이다.

'팽창' 에 대해 머리를 짜낸다. 당황하여 한꺼번에 뜨거운 물에 넣은 것이 실수일는지도 모른다. 두 그릇이 똑같이 팽창하여 결속을 다졌을 수도 있기 때문이다. 이번에는 속 것에는 찬물을, 바깥 것에는 따뜻한 물을 주어 보았다. 팽창에 차등을 주어 본 것이다. 실패였다. 내가 허둥대는 동안 면역이 생긴 것일까.

궁리 끝에 부엌 세제를 두 그릇 틈 사이에 넣어 보았다. 미끄

럼을 타고 속 것이 빠져나오기를 기대한 것이다. 허사였다. 허사
이기만 한가. 오히려 내가 이러저러한 방법을 동원한 사이 즈네
들끼리 더욱 꽉 조여들고 있는 것 같았다. 처음보다 사태는 더
악화되었다. 도대체 무슨 일일까. 어떻게 해야 할까.

　살림 9단에게도 물어보고, 화학선생한테도 문의하고, 인터넷
에도 들어가 보았다. 뾰족한 방법이 없었다. 아이디어라고 내어
놓는 것 또한 상식선을 크게 벗어나지 않았다. 성질 같아서는 확
집어 던지고 싶은 심정이었다. 그러나 그 밥공기는 포트메리온
이었다. 주부들의 로망이라고 하는 포트메리온. 작년 내 생일 때
애들이 거금을 들여 홈세트로 마련해 준 게 아닌가. 나는 마음을
가라앉히고 업고 업힌 두 밥공기를 통째로 씻어 싱크대 위에 엎
어 놓았다. 무슨 사연인지 모르지만 잘 의논하여 그만 떨어지기
를 기대하며.

　이튿날 아침. 기적이 일어났다. 밤사이 무슨 일인지 두 밥공기
가 저들 스스로 떨어져 돌아앉아 있는 게 아닌가. 누가 누구를
밀어냈는지는 알 수 없었다. 내가 그렇게 오랜 시간 온갖 수단을
동원해 떼어 놓으려 애쓸 때는 그토록 붙어서 속을 썩이더니 무
슨 변덕으로 갈라서기로 했는지도 알 수 없었다. 세상에는 저마
다의 순리와 비밀이 있는 법이니까. 나는 콧노래를 부르며 얼른
하나씩 따로 씻어 선반 위에 단정히 올려놓았다.

시간 값

이마에 하얀 반점이 생겨 피부과에 갔다. 의사는 면역체계의 교란현상이라며 내버려두면 마이클 잭슨처럼 온 얼굴에 번질 수도 있다고 말했다. 나는 겁이 덜컥 났다. 내가 왜 본 적도 없는 마이클 잭슨처럼 온 얼굴에?

치료는 생각보다 간단하고 쉬웠다. 레이저 치료와 바르는 약이 전부였다. 주사도, 먹는 약도 없었다. 문제는 비용이었다. 레이저 한 방 쏘는 데는 1초도 채 걸리지 않았다. 16,100원. 정형외과는 물리치료 40분에 1,500원이 아니던가. 한의원에서는 침술에, 물리치료에, 부황까지 떠 주는데 2,400원이다.

의사가 마침 아들 친구라 왜 이렇게 비싸냐고 물었다.

"시간값이지요. 짧은 시간에, 통증 없이 치료하다 보니 비용이 좀 비싸답니다."

나는 무슨 말인지 못 알아들었다. 이해가 잘 되지 않았다. 집에 와서 단톡방에 들어가 아이들한테 일러바쳤다. 딸들이 모두 내 편이 되어 성토를 했다. 1초에 16,100원이라니! 너무한 거 아니야, 단 1초에!

잠잠한가 싶었더니 아들이 쓰윽 나타나서 메시지를 올렸다.

미국 어느 치과에서 일어난 일이라고 한다. 의사가 이를 뽑으려 하자 환자가 비용을 물었다. 한 개에 100달러라고 하니 환자가 불같이 화를 냈다. 그깟 이 한 개 뽑는데 시간 얼마나 걸린다고 100달러씩이나 받느냐고 따졌다. 그러자 의사가 낮은 목소리로,

"그럼 천,천,히, 뽑아드리겠습니다~."

며칠 후 피부과에 가서 그 이야기를 했더니 의사가 빙긋 웃으면서,

"그렇군요. 저도 천,천,히, 쏘아드릴까요~."

개와 낭만

제주에 사는 아들 내외가 전원주택으로 이사한 것은 개와 고양이 때문임을 나는 안다. 놈들은 주인이 부부로 합칠 때 자연스럽게 한 가족이 되었다. 그러나 아파트에서 개 두 마리와 고양이 두 마리를 기르는 것은 무리였다. 더구나 사이 나쁘기로 유명한 견묘지간이 아닌가. 아들 내외는 의논 끝에 아파트에서 주택으로 집을 옮기기로 결정을 했다. 은행 융자까지 낀 간 큰 지출이었다.

젊은 부부의 전원주택 이사는 양가를 흥분시켰다. 육지도 아닌 제주도에, 그것도 이효리가 산다는 애월이었다. 가족, 친지들은 다투어 방문을 신청했다. 집주인이 일정을 조정했다. 사돈댁과 나는 가족들과 함께 주말에 초대되었다. 도합 11명이었다.

집에 도착하자 성별과 연령별로 감탄이 쏟아졌다. 네댓 살 된 꼬맹이들은 개와 고양이에 열광했다. 아파트에 갇혀 있던 개들이 마당에 나와 뛰어놀고 있었다. 아이들을 보자 미친듯이 반기며 동지애를 발휘했다.

젊은 엄마들은 오션 뷰에 관심을 보였다. 그녀들은 바다를 처음 보는 사람처럼 팔을 들어 가슴을 부풀리면서 심호흡을 했다. 나지막한 돌담이며 한적한 마을이 그녀들을 사로잡았다. 이효리의 근황을 묻기도 했다.

젊은 아빠들은 근처에 있는 골프장에 관심을 보였다. 그들은 아들 내외가 반려동물을 포기하지 않고 기꺼이 이사를 결심한 데 대해 찬사를 보냈다. 자연과 동물을 가까이하는 삶이야말로 21세기를 사는 우리 모두의 로망이라고 추켜세우기까지 했다. 사돈과 나는 집 내부를 꼼꼼히 살폈다. 대체로 만족했다. 아침이 오기 전까지는.

아침이 되자 우리는 새로운 국면에 맞닥뜨렸다. 밤새 내린 폭우로 담장이 무너진 것이었다. 하필이면 일요일이었다. 어디에도 도움을 청할 데가 없었다. 우리 중 아무도 담을 쌓아본 사람이 없는 터라 아들은 처남, 매형과 함께 무너진 담장 옆을 맴돌다 비만 맞고 들어왔다. 현관문을 들어서는데 이층에서 내려오던 며느리가 비명을 질렀다. 계단 쪽 천장에서 비가 새고 있는

것이었다. 걸레를 가져와라, 양동이는 어디 있나 허둥대는 와중
에 아이들이 거실로 들어온 개를 보고 함성을 질렀다. 멀쩡한 개
집을 두고 비 맞을까 봐 사돈이 안으로 들여온 것이었다. 거실에
있던 고양이가 개한테 놀라 쏜살같이 이층으로 올라가니 사돈댁
손녀가 울음을 터뜨렸다. 난리도 그런 난리가 없었다.

아침을 먹었다. 늦은 아침이었다. 일요일 스케줄은 서명숙 올
레길 이사장이 추천하는 '시크릿 가든' 투어였지만 그럴 계제가
못 되었다. 우리는 각자의 생각에 잠겨 조용히 밥을 먹었다.

동서고금의 역사에는 언제나 내분이 존재한다. 우리에게도 어
느새 그러한 조짐이 꿈틀거리고 있었다. 보수와 진보의 대립이
었다.

보수 쪽에서는 담장을 보안의 개념으로 이해했다. 무슨 일이
있어도 오늘 중으로 담장을 고쳐 놓아야만 했다. 밤을 틈타 도둑
이 들어올 수 있기 때문이었다. 한편으로는 아들 내외에 대한 염
려 섞인 의혹도 있었다. 젊은 것들이 외양만 보고 집을 잘못 선
택한 것이 아닐까. 감상에 치우쳐 부실 공사업자에게 속은 것은
아닐까. 반려동물 때문에 은행 융자까지 떠안아 가며 이사한 일
이 잘한 짓일까. 개든 고양이든 동물은 결혼과 동시에 포기해야
만 했던 것이 아니었을까.

진보 쪽에서는 담장을 경계의 개념으로 받아들였다. 제주 기

후의 특성상 돌담은 얼마든지 무너질 수 있었다. 내일쯤 시공업체에 연락해서 무너진 담을 고치면 될 일이었다. 어차피 성인 허리 높이도 안 되는 담이니 도둑과는 상관없었다. 도둑 문제는 경비 업체에서 관리할 문제였다. 결혼 전 총각은 개를 키우고 있었고 처녀는 고양이를 기르고 있었으니 주인이 결혼할 때 놈들도 당연히 가족이 되는 것이 아닌가. 비도 그쳤으나 낮에는 '시크릿 가든'을 투어하고, 저녁에는 새집에서 조촐한 오프닝 파티라도 열면 좋을 것이었다.

보수가 선수를 쳤다. 밥숟가락을 놓자마자 수장인 사돈이 담장을 고치겠다고 나선 것이다. 진보 수장인 아들이 말렸다.

"아버님, 안 돼요. 제주 돌담은 쌓는 노하우가 따로 있어요. 우린 못 합니다. '시크릿 가든'이나 갑시다."

"'시크릿 가든'은 개뿔! 남자들은 담을 쌓고 여자들은 화단이나 수습해. 풀도 좀 뽑고!"

졸지에 일꾼으로 투입된 우리는 담장을 고치고, 화단을 수습하고, 풀을 뽑았다. 안사돈은 한술 더 떴다. 며느리와 함께 그릇을 통째로 꺼내 놓고 부엌 구석구석을 정리했다. 편한 백성은 개와 고양이들뿐이었다. 신이 난 개들은 아이들과 함께 한갓지게 동네 나들이까지 다녀왔고, 소심한 고양이들은 번거로움을 피해 2층에서 낮잠을 즐겼다.

저녁 시간이 되었다. 아들이 슬그머니 나한테 오더니 외식을 하자고 했다. '시크릿 가든'을 갔으면 투어 마치고 수산시장에 들러 회를 좀 사 오려 했는데 계획이 무산되어 저녁 반찬이 마땅치 않다는 얘기였다. 아무도 나가고 싶어 하지 않았다. 노동에 지쳐 아무렇게나 한술 뜨고 쉬고 싶은 생각뿐이었다. 꼬맹이들은 배고프다고 칭얼대기 시작했다. 엄마들이 부실한 반찬으로 식사를 준비했다.

맥주가 나왔다. 담 쌓기에 성공한 사돈이 기분이 좋아져서 우리 모두에게 한 잔씩 따라 주었다. 우리는 안주도 없이 벌컥벌컥 들이켰다.

바로 그때였다. 마당에서 무슨 소리가 들리는가 싶더니 아들이 쏜살같이 뛰쳐나갔다. 아들은 좀체 돌아오지 않았다. 무슨 일인가 하고 술잔을 든 채 밖을 나간 우리는 벌어진 입을 다물 수가 없었다. 남자 넷이 하루 종일 공들여 쌓은 돌담이 장난감처럼 와르르 무너진 것이 아닌가.

그 옆에는 개들이 곤히 잠들어 있었다. 꼬맹이들과 설쳐대느라 피곤했던 모양이었다. 놈들은 담장에는 관심이 없어 보였다. 담이 무너졌거나, 고쳤거나, 고친 담이 다시 무너졌거나 놈들과는 아무 상관이 없는 것이었다. 두 다리를 한껏 뻗고 잠든 모습이 세상 다 가진 듯 편안해 보였다.

마이 웨이

이집트 여행은 일정이 빡빡했다. 그날도 새벽부터 부지런을 떨었다. 룩소르를 거쳐 후르가다까지 둘러볼 계획이었기 때문이다. 룩소르에서는 왕들의 무덤과 신전을 보고, 후르가다에서는 홍해 연안의 바닷속을 들여다보는 스케줄이었다. 3시 모닝콜, 4시 출발. 눈곱만 겨우 떼고 버스에 몸을 실었다.

얼마나 갔을까. 버스 안의 불까지 모두 끄고 일제히 눈을 붙였는데 뒤에서 작은 목소리가 들려왔다.

"가이드님. 휴게소는 얼마나 가야 하나요?"

돌아보니 우리 팀의 H였다. 불편한 기색이 역력했다.

"1시간 넘게 가야 하는데, 급하세요?"

불이 켜지고, 누가 먼저랄 것도 없이 커튼을 드르륵 열어젖혔다.

"해다!"

가도 가도 사막인데 해까지 솟아오르고 있었다. 건물도 없고 나무도 없고 언덕조차 없었다. 그렇더라도 1시간 넘게라니!

"네에~"

H의 '네에~'는 애매했다. 참기 어렵다는 얘기 같기도 하고 참아보겠다는 뜻으로도 들렸다. 문제는 잠을 깬 다른 사람들이었다. 습관상 아침에 눈을 뜨면 화장실부터 찾지 않는가. 시계를 보니 6시 반이었다. 요의가 버스 안에 빛의 속도로 퍼져나갔다. 사태의 심각성을 눈치챈 가이드가,

"조금만 기다리세요. 가면서 좀 볼게요."

위로라도 하듯 음악을 틀었다. 〈마이 웨이〉였다. 참으로 부적절한 선곡이었다. 화장실 가고 싶은 사람들 앞에 〈마이 웨이〉라니! 어쩌라고?

"이봐요, 가이드! 아무 데서나 볼일부터 보고 갑시다!"

드디어 제일 뒷좌석에서 남자의 목소리가 들려왔다.

"급하단 말요, 급하다고!"

중간 자리, 앞자리에서도 들썩거렸다. 버스가 섰고, 다투어 내렸다. 해가 솟은 천지는 망망사막이었다. 30여 명이 정도껏 흩어

졌다.

다시 차에 오르자 버스 안은 달라져 있었다. 순하고도 은밀한, 공범자의 분위기가 맴돌았다. 대명천지 사막에서 함께 오줌을 갈긴 덕분일 터였다. 언제 우리가 이런 호사를 누려본 적이 있었던가. 급하다던 남자가 가이드에게 다가와 달달한 목소리로 말했다.

"음악 틀어 봐요. 아까 그 〈마이 웨이〉."

세상 밖

생후 15개월 된 손자 로하가 외출을 했다. 어린이집 문을 두드리게 된 것이다. 적응 첫 단계로 하루 한 시간씩 머무는 일이라 준비가 더 번거로웠다. 고작 한 시간을 위해 30분 이상 준비하고 유모차까지 움직이는 짓을 뭐 하러 하느냐 어미한테 물으니 사회성을 길러주는 일이라 했다. 또래도 없이 집에만 있으니 엄마만 알아서 마마보이가 될까 봐 걱정이라는 대답이었다.

세상 밖으로 나온 로하는 지구상에 아이들이 너무 많아 놀랐다. 제 또래보다는 누나, 형들이 많았다. 누나, 형들은 다투어 소리 지르고, 내달렸다. 또래들은 놀라 우두커니 서 있다가 형들에게 부딪쳐 울음을 터뜨렸다. 울다가 옆에 있는 장난감을 집으면 그마저 형들이 쏜살같이 빼앗아 갔다. 로하는 자동차에 눈이 가는 것 같았다. 그러나 차문을 열고 다리를 올리려는 순간 달려온 형이 가로채 버렸다. 로하가 울자 인형을 업은 세 살쯤 되는 누나가 다가왔다. 누나는 로하를 달래며 코 묻은 볼에다 뽀뽀를 했다. 로하가 눈물을 닦으며 싱긋 웃었다.

엄마가 로하를 데리고 블록 방으로 갔다. 나무로 만든 각종 장난감들이 있었다. 로하가 눈을 빛내며 로봇으로 손을 가져갔다. 바로 그 순간 총을 들고 달려오던 형이 로하 앞에서 넘어지고 말았다. 로하가 놀라 로봇을 떨어뜨렸다. 대신 얼른 총을 집어 들었다. 울던 형이 총을 빼앗으려 하자 로하가 달아나기 시작했다. 돌 지나 걸음을 떼어 놓아 이제 겨우 엄마 손 잡고 걷는 로하였다.그러나 지금은 비상시국이었다. 총을 든 로하는 달리고 또 달렸다. 넘어져 가며 울면서 죽을힘을 다해 달렸다. 쫓던 형이 포기하고 미끄럼을 타기 시작하자 네 살쯤 되는 다른 형이 로하에게로 다가왔다. 형은 노련했다. 물개 장난감을 내밀며 교환을 시도했다. 로하의 얼굴이 갈등으로 복잡해졌다. 슬그머니 총을 포기하고 말았다.

집에 돌아오자 로하는 바로 잠에 곯아떨어졌다. 세상 밖이 너무 찬란하고 피곤했다. 자는 동안 간간히 미소를 지었다. 난생 처음 빼앗아본 총 때문이었는지, 볼에다 뽀뽀해 준 누나 때문이었는지는 알 수 없는 일이었다.

눈眼과 기도

아부다비 공항에서 있었던 일이다. 입국장에서 눈 인식 검사를 하는데 기계에서 에러 신호가 났다. 아랍인인 공항 직원은 나보고 자꾸 눈을 크게 뜨라고만 했다. 난감했다. 나는 동양인의 눈으로는 작은 편이 아니다. 기계를 향해 눈을 똑바로 떠 보였는데도 인식을 못 하는 것이었다. 무슨 일인지 이해할 수 없었다. 먼저 들어간 일행들이 걱정스러운 얼굴로 기다리고 있는데 나는 상관으로 보이는 다른 아랍인에게 인계되었다.

상관은 50대의, 호리호리한 몸매에 이슬람 특유의 하얀 옷을 길게 늘어뜨리고 있었다. 나를 향해 손짓으로 따라오라고 했다. 여권이 그의 손 안에 있으니 내가 할 수 있는 일은 아무것도 없었다. 따라갔다. 'Emergency Office' 앞에 서더니 문 앞에서 기다리라고 했다. 기다렸다.

잠시 후 그가 나왔다. 이번에는 바로 옆 기도실 앞으로 데리고 가더니 의자에 앉아 기다리라고 했다. 내가 엉거주춤 앉지 않고 서 있으니까 '플리즈'를 쓰면서 잠시만 의자에 앉아 기다려 달라고 했다. 기도시간이라는 것이었다. 세상에나! 그는 정말 나를 앉혀놓고 기도를 시작했다. 무용수처럼 몸을 날렵하게 엎드렸다 폈다 하면서 그는 기도에 몰입했다. 나의 마음은 이루 말할 수 없이 불안하고 착잡했다.

기계가 사람과 다른 점은 머리를 쓰지 않는 데 있다. 정직하다는 뜻이다. 눈 인식 테스트는 지문 테스트와 다름없을 터인데 나한테 무슨 문제가 있단 말인가. 요즘 들어 시력이 부쩍 나빠진 것도 마음에 걸렸다. 안과에 몇 번 다녀온 것도 께름칙했다. 아부다비는 아랍에미리트의 수도라 특별히 새로 개발된 최신식 기계를 들여놓은 건가도 싶은 생각이 들었다.

기도가 끝났다. 그가 팔랑팔랑 내 여권을 들어 보이며 '폴리스!' 하고 경찰을 불렀다. 어디선가 경찰이 나타났다. 여권을 넘기더니 나보고 따라가라고 했다. 나는 놀라 숨이 멎는 것 같았다. 마약 소지자도 아닌데 웬 경찰을? 무섭고 불안하여 걸음조차 제대로 떼어지지 않았다. 경찰은 나를 처음의 눈 인식 기계 앞으로 데리고 갔다. 즈네들끼리 아랍 말로 왈라쌀라 하더니 다시 기계 앞에 나를 세웠다. 패스였다.

여권을 받자 내가 공항 직원에게 물었다. 무엇이 잘못되었느냐고. 직원이 대답했다. 기계 에러라고. 다시 물었다. 기계를 고쳤다는 말이냐고. 직원이 대답했다. 고친 게 아니라 저절로 고쳐졌다고. 분통이 터졌지만 영어가 짧아서 입을 닫았다. 내가 정작 묻고 싶었던 사람은 기도하던 상관이었다. 추측컨대 그는 필시 'Emergency Office'에서 나의 여권을 조회했을 것이었다. 문제가 없었으면 바로 직원에게 인계해야 할 것 아닌가. 기도실 앞에 앉혀놓고 온갖 걱정으로 불안에 떨게 할 이유가 무엇이던가. 그의 신은 그토록 이기적인 신도에게 아무런 언질도 주지 않았단 말인가.

행인지 불행인지 그는 그 자리에 없었다. 있었다 해도 나의 영어수준으로는 그와 논쟁할 수도 없을뿐더러 그럴만한 용기도 내게는 없었다. 대신 공항 직원이 나의 표정을 읽은 것 같았다. 그는 양 어깨를 한껏 치켜 올리며 복잡해진 나의 얼굴에 대고 사과를 했다.

"위, 쏘리! 유, 노프로블럼!"

친정

여름 손님은 범보다 무섭다는 말이 있다. 범들이 몰려왔다. 연년생 아들을 둔 딸이 식구들을 몰고 친정에 온 것이다. 나는 땀을 뻘뻘 흘리며 청소를 하고, 장을 봐 왔다.

늦은 아침을 먹고 나니 딸이 설거지를 하겠다고 나선다. 끝나고 나면 가까운 공원에 가서 바람이나 쏘이고, 맛난 것 먹고 오자고 한다.

안방으로 들어와 신문을 펼치는데 잠이 솔솔 밀려왔다. 이것저것 장만하느라 몸을 좀 설쳤더니 피곤했던 모양이었다. 김경수 지사가 킹크랩 시연회에서 고개를 끄덕였느니 말았느니를 읽다가 잠이 들어버렸다.

얼마나 잤을까. 잠에서 깨어보니 집 안이 정적에 싸여 있었다.

딸네 식구들마저 단잠에 빠진 것이었다. 침대방에서는 사위가 큰 대자로 누운 발치에 네 살짜리 손자가 고무줄처럼 감겨 있었다. 거실에는 딸이 고스라지게 잠들어 있는데, 가슴팍에 세 살짜리 손자가 껌딱지처럼 붙어 있었다. 시계를 보니 11시.

온 식구가 늦잠인지 낮잠인지 한밤중이었다.

나는 도로 방으로 들어와 신문을 펼쳤다. 애들이 깰까 봐 화장실도 참았다. 젊은 시절 친정에 갔던 일이 떠올랐다. 가까이 살면서도 친정 가는 길은 발이 땅에 닿지 않았다. 가슴속에 그리움과 서러움이 구름처럼 피어올랐다. 몸에 앞서 마음이 먼저 저만치 달려갔다.

늦은 밤까지 친정엄마와 이야기를 나눈 다음 날은 통나무처럼 잠에 빠져들곤 했다. 누가 보면 잠도 못 자 본 사람 같았다. 먹지도 못하고 자지도 못해 본 사람 같았다. 여자에게 친정은 그런 곳이었다. 한없이 자고 싶고 끝없이 먹고 싶은, 눈물겨운, 그런 곳.

물소리가 나는 것 같더니 사위가 조심스럽게 문을 빼꼼 열었다.

"커피 드시겠어요?"

"땡큐."

고양이 걸음으로 부엌에서 커피를 내린 모양인데 들어올 때는 첫째와 같이 들어왔다. 아빠가 깨니 저도 깬 모양이었다.

"아빠. 우유."

"알았어."

부엌에 다시 나가더니 이번에는 딸과 둘째까지 달고 왔다. 둘째 역시 엄마 따라 깬 모양이었다. 나는 둘째를 번쩍 안았다.

"잘 잤어?"

"엄마가 잤어요."

엄마가 먼저 잠들었다는 뜻인 모양이었다. 첫째가 끼어들었다.

"아빠가 잤어요."

딸과 사위가 이중창을 했다.

"할머니가 잤어요."

우리는 한바탕 웃고, 외출 준비를 했다. 현관문을 잠그려다 뒤를 돌아보니, 집 안이 온통 이삿짐센터처럼 어질러져 있었다. 나쁘지 않았다. 삶의 한 모퉁이, 친정이기 때문에 가능한 일탈이었다.

선택

K와 나는 직장동료로 만났다. 그것은 현대인과 미개인의 조합이었다. K는 스펙도 좋고 능력도 있는 데다 결혼자금도 꽤 많이 모아 놓은 걸로 알려져 있었는데 독신이었다. 반면에 나는 멋모르고 어린 나이에 결혼하여 대책도 없이 아이는 넷이나 낳아 동분서주 허둥대는 아줌마였다.

어느 날, 그녀의 생일에 집으로 초대받아 가게 되었다. 차려 놓은 음식보다 그릇들이 너무 고급져서 나를 설레게 했다. K의 어머니가 이를 눈치챈 듯,

"결혼준비로 사 둔 건데 시집갈 생각을 안 하고 있으니 욱한 김에 서방질한다고 막 꺼내 쓰는 거랍니다."

어머니는 자신이 딸의 결혼준비를 얼마나 열심히 해 왔는지

상세하게 설명했다. 듣고 있던 내가 참으로 궁금한 질문 하나를 K에게 던졌다.

"그런데 왜 결혼을 안 하죠?"

"딱 한 가지가 아직 준비되지 않아서요~."

"그게 뭔데요?"

"남자요~. 큭~"

퇴직을 하고 한동안 우리는 소식이 없다가 아파트 관리실 앞에서 딱 마주쳤다. 세상에나! 같은 아파트에 살고 있을 줄이야! 우리는 서로 반가워하면서 손을 마주 잡았다. 퇴직 후 십여 년 만이었다. 그녀는 작년에 우리 아파트로 이사왔다고 했다. 후줄근한 나와는 달리 여전히 날씬하고 세련된 모습이었다.

마침 선거철이라 우리는 각자의 우편함에서 우편물을 뽑아 들었다. 4월 총선거의 홍보물들이었다. 엘리베이터를 타고 보니 그녀의 손이 비어 있었다.

"버렸어요. 식상해서요. 그 나물에 그 밥~"

"그렇긴 하지만 투표를 하려면 읽어는 봐야~"

"저 투표 안 해요. 한쪽은 나쁜 남자, 한쪽은 못난 남자. 누굴 선택해요?"

그제서야 나는 그녀의 '결혼준비'를 떠올렸다. '딱 한 가지'가 퇴직 이후 어떻게 되었는지 궁금해졌다. 그러나 나는 묻지 못

했다. 엘리베이터의 문이 열리며 그녀가 먼저 내려 버렸기 때문
이었다. 나는 양손에 나쁜 남자와 못난 남자의 홍보물을 들고 한
참을 그 자리에 서 있었다.

꼴찌의 변辯

자식이 넷이나 되다 보니 별 일이 다 있다. 둘째 딸 이야기다. 이 아이는 감성적이고 지적 호기심은 왕성한데 운동신경이 바닥이었다. 특히 달리기를 못했다. 달렸다 하면 꼴찌였다. 타고난 성실함으로 온 힘을 다해 달리는데도 6명이 달리면 6등이고 8명이 달리면 8등이었다.

운동회 날이 되면 우리 집은 초비상이었다. 달리기 없는 운동회는 없기 때문이었다. 둘째는 우선 출발 동작부터 늦었다. 선위에 아이들을 주르르 세워 놓고 선생님이 뒤에서 총을 탕 쏘면 둘째는 깜짝 놀라 어찌할 바를 몰랐다. 이쪽 저쪽을 살펴보다가 총을 쏘는 선생님까지 돌아다보았다. 결국 다른 아이들이 저만치 앞선 후에야 부랴부랴 출발했다.

한번은 용캐도 제때 출발하는가 싶더니 달리는 도중 신발이 벗겨지고 말았다. 둘째는 되돌아가서 튕겨 나간 신발을 애써 주워 신고 난 후에야 다시 달리기 시작했다. 그대로 달리지 왜 그랬느냐고 물으니 반드시 신을 신고 달려야 하는 줄 알았다고 했다. 그날은 일행과 너무 많이 떨어져서 뒷 팀에 묻어서 골인하는 해프닝을 연출했다.

다음 해에는 둘째의 운동회에 갈 수가 없게 되었다. 학교가 다른 동생한테 가 봐야 했기 때문이었다. 동생은 누나와 달리 펄펄 날았다. 6명이 달려도 1등을 하고 8명이 달려도 1등을 했다.

의기양양한 동생을 데리고 집으로 돌아오니 둘째 또한 기분이 몹시 들떠 있었다. 무슨 일이냐 물으니 오늘 저도 운동회에서 '참 잘 달렸다'는 것이었다. 온 식구가 둘째의 입을 쳐다보았다.

"몇 등을 했기에?"

"그야 당연히 꼴찌였지요."

"잘했다며?"

둘째가 눈을 동그랗게 뜨고 손짓까지 보태며 대답했다.

"이번에는 7등 뒤에 딱 붙어서 꼴찌했다니까요. 바짝 붙어서.

아하!

이집트 카이로에서 아스완으로 가는 기차 안이다. 기차는 밤
새도록 별을 이고 남쪽을 향해 달린다. 좁고, 불편하고, 냄새까
지 심한 침대칸이지만 사막을 가로지르는 설렘이 있다. 촘촘한
여정으로 지친 우리는 세수도 거른 채 이층 침대 한 칸씩을 차지
하고 잠에 떨어졌다.

새벽 3시쯤, 화장실에 가고 싶어 눈을 떴다. 기차를 탈 때 첫
번째 칸이었던 것만 기억하고 무심히 방을 나섰다. 찾아간 화장
실은 누군가 사용 중이었고, 다음 화장실에는 휴지가 없었다. 조
금 더 돌고 한 번 더 돌아서 일을 보고 나서 첫 번째 방문을 열려
하니 그새 문이 잠겨 있었다. 호텔이 아니니 자동적으로 잠겼을
리가 없는 터라 룸메이트인 친구가 잠갔으리라 짐작되었다. 문

을 두드렸다. 얼굴과 가슴에 털이 수북한 남자가 문을 연다. 외국인이다. 무섬증이 확 덮쳐온다.

"쏘리. 쏘리. 아이 브 롱 룸넘버"

황급히 문을 닫는다.

분명히 첫 번째 방이었으니 그럼 저쪽 끝인가? 뚜벅뚜벅 걸어가서 끝방 문손잡이를 살며시 돌려 본다. 성공이다. 열린다. 방안으로 성큼 들어선다. 순간, 낯선 남자가 침대에서 몸을 벌떡일으킨다. 이번에는 한국인이다.

"누구시오?"

"아이고!"

복도로 나와 자초지종을 들은 남자는 나의 아래 위를 훑어보더니.

"7번이겠네요."

하며 자기 방으로 들어가 버린다.

방은 1호부터 20호까지 있다. 방문 앞에 그렇게 쓰여 있기도 하다. 내가 자신 있게 기억하는 것은 기차를 탈 때 첫 번째 침대 칸이었다는 사실이다. 그렇다면 1호 아니면 20호일 터인데 난데없이 7호라니?

나는 나를 의심하기 시작한다. 원체 나는 수數에 약하다. 수치數恥에 가깝다. 오죽하면 아들은 나의 증상을 질병 수준이라고 했을까.

나는 나를 버리고 남자를 믿기로 했다. 7호방으로 가서 문손잡이를 잡으려 하는데 추리닝을 입은 방주인 남자가 안에서 불쑥 문을 열고 나온다. 이 방도 아니었던 것이다. 사정을 들은 남자는 나의 '첫 번째 방'을 주목하더니,

"그런데요, 몇 호차였지요?"

"아, 몇 호차? 3호차였는데요"

"여기는 1호차 침대칸입니다. 3호차로 모셔다 드리겠습니다."

그렇구나. 화장실을 찾아 빙빙 돌다가 1호차까지 와 버린 모양이구나. 그는 친절하게도 나를 방 앞까지 데려다 주었다. 문은 쉽게 열렸다. 친구는 내가 없어진 줄도 모르고 곯아떨어져 있었다.

문을 잠그고 자리에 누웠다. 문득 한 가지 의문이 생겼다. 20호 남자는 왜 나를 7호 여인으로 찍었을까. 그는 왜 나를 보자마자 7호로 단정했을까. 귀찮았던 것일까. 골탕 먹이려고 그랬을까.

아하! 그제서야 문을 열었을 때 두 사람이 포개어져 있었던 것이 생각났다. 그들 역시 나처럼 화장실을 다녀왔는지도 모를 일이다. 문 잠그는 일에 부주의한 사이 내가 방문을 열고 들어갔던

것이었다. 이국에서 치르는 중요한 이벤트에 초대받지도 않은 손님이 들이닥친 셈이었다. 남자는 놀라 벌떡 일어났고, 나는 황급히 복도로 밀려났다.

그렇다면 남자의 '7'은 무엇이었을까. 일반적으로 7은 행운의 숫자로 알려져 있다. 내가 들어갔을 때 그는 아마 행운의 찬스를 잡으려던 참이었던 모양이었다. 방해꾼을 치우려는 위기의 순간에 무의식중 7이 튀어나왔으리라 짐작되었다. 특별한 행사라 심야의 침입자에게도 벌 대신 행운을 조금 나누어 주고 싶었으리라. 기차는 이 사실을 아는지 모르는지 철커덕거리며 새벽을 뚫고 달렸다.

경계 넘기, 무의식적 존재에 관한 코기토Cogito

- 박기옥의 테마 수필집 『아하』의 작품세계

한상렬 문학평론가

1. 프롤로그 - 새로운 세계의 통찰

박기옥의 네 번째 수필집 『아하』가 눈에 들어온다. 다소 낯설고 생뚱맞기까지 하다. 아니, 새롭다. 지나치게 통속적인 수필집의 제호를 가까이하다 보니 맥락의 차이 때문일까. 앞서의 수필집 『아무도 모른다』, 『커피칸타타』, 『쾌락의 이해』와는 전혀 다른 저자의 네 번째 수필집 『아하』는 일단 독자에게 생경하게 감지된다. 새로운 세계의 열림이다.

이 수필집의 제호인 감탄사 '아하'는 "미처 생각하지 못한 것을 깨달을 때 가볍게 내는 말"이란 사전적 기본의미에 "좀 못마땅하거나 불안스러운 느낌이 있을 때 가볍게 내는 말"이란 의미도 갖고 있다. 하지만 이 수필집의 쓰임새로는 전자의 경우인 '깨달음'의 의미로 해석된다. 불가佛家에서는 화두에 대한 법열이나 대오각성의 의미를 함축하지 않나 싶다. 수필이 일상에서 추수한 '인간학'이라 한다면 소소한 일상을 통한 의미화와 해석의 진중함을 함축한다고 하겠다. 이는 인문학적 성찰이나, 사유의 세계인 데카르트의 코기토Cogito, 더 나아가 문자해방과 맥락을 같이한다. 따라서 '아하'는 그저 일반적인 감탄사이기보다는 함축된 의미망으로 해석될 여지가 다분하다.

움베르토 에코Umberto Eco는 그의 『문학강의』에서 "문학 작품을 읽음으로써 우리는 주어진 해석의 자유 안에서 성실함과 존중을 훈련하게 됩니다. 현대의 전형적으로 나타나는 위험한 비평적 이단이 하나 있는데, 그것은 문학작품에서 단지 우리의 통제할 수 없는 충동들이 암시하는 것을 읽으면서 자기가 원하는 것을 할 수 있다는 생각입니다."(14쪽)라고 하였다. 그는 또 "세상은 단지 하나의 읽기를 허용하는 '닫힌' 책처럼 보이기도 합니다."라고 했다. 이런 사유의 상상력이 작가 박기옥의 네 번째 수필집의 집필 동기가 아닐까 싶다.

오늘의 수필은 대체로 일상성이라는 한계를 벗어나지 못한 경우가 비일비재하다. 그래서 천편일률적인 조합과 답습이 계속된다. 그게 그 얼굴이다. 아무리 살펴보아도 다른 얼굴이나 신기함이 없다. 처음 보는 듯한 낯섦에서 충격의 묘미를 체험해야 하련만, 너무 진부하다. 시대는 변화하고 사유도 변화하지 않는가. 일종의 미로 찾기가 필요한 때이다. 작가 박기옥은 이런 시의적 필요를 절감한 것인가.

　　　다시 수필 몇 편을 묶는다. 정신분석과의 접목이다. 나의 수필이 프로이트를 만난 것은 행운이다. 오랜 시간 낯설어하면서, 힘들어하면서, 가까이도 못 가고 머뭇머뭇 주변을 맴돌았다. 너무 높고 놀라웠고, 지금도 여전히 까마득하지만, 저질러 보기로 했다. 작업하는 내내 몹시 설레었다.

- 책 머리에서

　작가의 이런 창작의 변辯이 아니어도 그의 수필은 일상이지만 일상 이상의 세계를 보여준다. 이는 그의 수필의 향방일 것이다.
　우리가 대상을 바라볼 때, 상식의 틀을 전혀 다른 해석으로 본다는 것은 그리 용이한 일이 아니다. 사물을 바라볼 때, 전혀 일상적이지 않은 시각으로 '포커스'를 맞추면 그 대상이 말을 걸어오고, 전혀 예상하지 못한 자신만의 독특한 향기도 뿜게 된다. 그러면 변신에 변신을 거듭하는 다면성을 내비치게 된다. 그것은 전혀 예기치 못한 결과를 낳기도 하고, 때로는 작가 스스로 무아지경에 몰입하는 텃밭이 되기도 하는 매력적인 시도가 될 것이다.

　문학이나 인문학은 가장 진보적이면서도 가장 보수적이다. 그래 작가들은 디지털시대를 맞아 패러다임의 변화를 감각적으로 느끼면서도 이를 애써 외면하고 있고, 독주와 과속에 대해 제동을 걸고 있는 듯하다. 이런 변화에 대한 위기감, 일종의 불안감은 문학의 위기감을 조성한다. 미로 찾기는 이를 벗어나기 위한 탈출구가 될 것이다. 아르헨티나의 작가 보르헤스의 작품에는 미로 찾기의 모티브가 수도 없이 등장한다. 이런 상상력은 에코로 하여금 『장미의 이름』과 같이 도서관을 미로로 형상화하게 했다.

　박기옥의 네 번째 수필집 『아하』는 작가의 예민한 촉수가 새로움을 추구하고 있다. '환幻', '욕망', '상실', '이하'의 4부 64편이 배열된 이 수필집은 그 창작의 근원을 변화와 새로움의 시도라 하겠다. 그 변화 중 하나가 인간과 무의식의 상징인 프로이트Sigmund Freud와 융Carl Gustav Jung의 심리학을 수필에 접목하고자 한 작가정신의 시도이다. 독자에게는 다소 낯설 수도 있는 이런 작법이야말로 미래지향적일 것이다. 이런 새로운 시각으로의 세계의 통찰은 그의 수필로 하여금 키치kitsch를 뛰어넘어 경계를 넘게 할 것이다.

2. 코기토cogito, 수필에서의 사유

우리 시대에는 새로운 '사유의 프로그램' (최정우, 『사유의 악보』, 「서곡」에서)이 필요하다. 인간의 사유와 도덕적 당위에는 굳센 믿음과 헛된 약속이라는 두 개의 상투어가 숨어 있다. 하나는 '우리의 시대'라는 근거 없는 시대의식이며, '새로운' 사유라는 '오래된' 환상이다. 그래 하정우는 "이 진부한 새로움의 '사망' 선언과 고리타분한 시대정신의 확인 '사살', 이 판에 박힌 미륵불彌勒佛의 예언을 다시금 되뇌는 것은 어떤 의미가 있을까"라고 질문하고 있다.

질 들뢰즈Gilles Deleuze 역시 그의 저서 『차이와 반복』의 머리글에서 "철학책은 한편으로는 매우 특유한 종류의 추리소설이 되어야 하고, 다른 한편으로는 일종의 공상과학소설이 되어야 한다."고 했다. 그는 이 책에서 "내가 바라는 것은 이 시대에 반하는, 도래할 시대를 위한 철학"이라고 말한다. 이는 원초적인 '부재의 장소'가 아닌 새롭게 재창조되는 '지금-여기'를 동시에 의미하며, 경험적 특수자도 추상적 보편자도 아닌, "어떤 분열된 자아를 위한 코기토cogito를 가리킨다."고 하였다. 그러므로 '지금'과 '여기'가 항상 새롭고 다르게 분배되는 가운데 무궁무진하게 나타나는 어떤 '이레혼Erewhon'인 것처럼 다룬다고 하였다.

수필이 생활문이라는 폄훼의 대상에서 벗어나기 위해선 무엇보다 이런 코기토적인 사유의 깊이가 필요하다. 대상을 낯설게 보고 깊이 있는 사유를 통해 그 본질에 다가가야 한다. 이를 위해서는 고정관념을 해체하고 상상력의 외연을 확대해야 한다. 여기서 경계 가로지르기는 새로움을 추구한다.

박기옥의 표제수필인 「아하」는 "이집트 카이로에서 아스완으로 가는 기차 안이다. 기차는 밤새도록 별을 이고 남쪽을 향해 달린다. 좁고, 불편하고, 냄새까지 심한 침대칸이지만 사막을 가로지르는 설렘이 있다. 촘촘한 여정으로 지친 우리는 세수도 거른 채 이층 침대 한 칸씩을 차지하고 잠에 떨어졌다."로부터 열리고 있다. 화자는 새벽 3시쯤, 화장실에 가고 싶어 눈을 떴다. 기차를 탈 때 첫 번째 칸이었던 것만 기억하고 무심히 방을 나섰다. 그런데 찾아간 화장실은 누군가 사용 중이었고, 다음 화장실에는 휴지가 없었다. 조금 더 돌고 한 번 더 돌아서 일을 보고 나서 첫 번째 방문을 열려 하니 그새 문이 잠겨 있었다. 문제의 발단은 여기서부터이다.

　　문을 두드렸다. 얼굴과 가슴에 털이 수북한 남자가 문을 연다. 외
국인이다. 무섬증이 확 덮쳐온다. "쏘리. 쏘리. 아이'브 롱 룸넘버"
황급히 문을 닫는다.

　　분명히 첫 번째 방이었으니 그럼 저쪽 끝인가? 뚜벅뚜벅 걸어가서
끝방 문손잡이를 살며시 돌려 본다. 성공이다. 열린다. 방 안으로 성
큼 들어선다. 순간, 낯선 남자가 침대에서 몸을 벌떡 일으킨다. 이번
에는 한국인이다.

　　복도로 나와 자초지종을 들은 남자는 나의 아래 위를 훑어보더니.
"7번이겠네요." 하며 자기 방으로 들어가 버린다.

　　방은 1호부터 20호까지 있다. 방문 앞에 그렇게 쓰여 있기도 하다.
내가 자신 있게 기억하는 것은 기차를 탈 때 첫 번째 침대칸이었다
는 사실이다. 그렇다면 1호 아니면 20호일 터인데 난데없이 7호라
니?

- 「아하」의 서사적 전개 과정

　　화장실에 다녀오던 화자가 자신의 방을 찾기까지의 자못 험난
한 과정이 세밀하게 전개되고 있다. 문제는 이런 실수와 착각이
어디에서 연유했을까 하는 데 있다. 애초 화자의 "나는 수數에

약하다. 수치數恥에 가깝다. 오죽하면 아들은 나의 증상을 질병 수준이라고 했을까."라는 언술이 이어지지만, 화자는 이런 현상을 존재인식의 사유로 연계시키고 있다. 실상 이런 현상의 착각은 누구나 경험했을 법한 지극히 보편적인 체험일 수도 있다. 하지만 작가는 이런 체험을 인간의 무의식적인 행위로 굴절시킴으로써 정신분석학과 접목시키고 있다. 아니 존재 철학의 체험일 수도 있다. 여기서 정신분석 이론은 억압된 사고·감정·기억이 저장되는 무의식의 존재를 가정한다. 프로이트Sigmund Freud는 자유연상법自由聯想法을 통해 무의식 속의 내용들을 밝히려고 했다. 「아하」는 이런 자유연상을 통해 '깨달음'을 체험하는 과정을 형상화하고 있다.

나는 나를 버리고 남자를 믿기로 했다. 7호방으로 가서 문손잡이를 잡으려하는데 추리닝을 입은 방주인 남자가 안에서 불쑥 문을 열고 나온다. 이 방도 아니었던 것이다. 사정을 들은 남자는 나의 '첫 번째 방'을 주목하더니.

"그런데요, 몇 호차였지요?"

"아, 몇 호차? 3호차였는데요"

"여기는 1호차 침대칸입니다. 3호차로 모셔다 드리겠습니다."

그렇구나. 화장실을 찾아 빙빙 돌다가 1호차까지 와 버린 모양이구나. 그는 친절하게도 나를 방 앞까지 데려다 주었다. 문은 쉽게 열렸다. 친구는 내가 없어진 줄도 모르고 곯아떨어져 있었다.

- 「아하」에서

프로이트의 정신분석이론에 있어서 중심개념은 의식과 무의식의 관계에서 무의식의 차원을 강조하고 있다. "문득 한 가지 의문이 생겼다. 20호 남자는 왜 나를 7호 여인으로 찍었을까. 그는 왜 나를 보자마자 7호로 단정했을까.", "아하! 그제서야 문을 열었을 때 두 사람이 포개어져 있었던 것이 생각났다." 그렇다면 여기 '7'은 무엇을 의미할까, 라는 의문에 대한 해석은 존재인식을 위한 사유의 코기토일 것이다.

세상은 우리가 갖고 있는 의미체계로 얽혀져 있는 복잡한 의미의 그물망이다. 우리는 일상적으로 통용되는 의미체계를 가지고 어떤 것을 설명하려 한다. 이는 한 사회에 통용되는 해석의 틀이다. 하이데거Heiodegger에 의하면, 그의 인간학에는 특정한 존재가 깔려 있다. 그는 『존재와 시간』에서 인간이라는 표현을 쓰지 않고 있다. 그 대신에 '거기 - 있음(Dasein, 현존재)'이라는 표현을 사용하고 있다.

박기옥의 수필 「아하」는 다른 측면에서 'E+P=O'로 해석된다. '사건[E]'은 '태도[P]'와 함께 '결과[O]'를 가져온다. 여기 'E'

는 삶에서 일어나는 '사건[Event]'이요, 'P'는 그것을 받아들이는 '태도[Perception]'며, 'O'는 그 '결과[Out-come]'를 뜻한다. 인생에서 일어나는 '사건'들은 우리가 통제할 수 없지만 이를 받아들이는 '태도'는 우리가 결정할 수 있다는 말이겠다. 그러니 '결과'에 영향을 줄 수 있는 변수는 우리의 '태도'일 뿐이겠다. 화자의 방 찾기가 사건인 'E'라면, 이 사건은 태도인 'P'와 결합하여 결과인 'O'를 가져온다.

그렇다면 이런 작가의 창작적 발상의 원류는 어디서 찾게 하는가? 수필 「삼겹살과 프로이트」가 이를 잘 보여준다.

화자는 늦은 나이에 프로이트에 심취해 있다. 그에게 있어 '프로이트 독회'의 체험은 한마디로 「아하」의 체험이다. "글을 통한 영혼의 떨림, 얼마나 벅찬 감동일까."라는 벅찬 감회가 그로 하여금 변신의 계기를 마련했음직하다. 새로운 발견의 떨림이 수필화의 동기일 것이다. 하여 작가 박기옥의 무의식적 존재에 관한 사유인 코기토는 전통적 문법에서 자유로운 경계넘기가 된다.

삼겹살과 프로이트라는 전혀 이질적인 만남은 박기옥의 수필로 하여금 새로운 출발을 예고한다. '프로이트로 돌아가자'라는 선언은 화자의 의식의 내면에 융해된 '새로움'의 기치가 아닐까. 그래 삼겹살과 프로이트라는 이질적인 만남은 일종의 융합,

퓨전이 된다.

　　뒤풀이에서는 소주와 삼겹살이 나왔다. 불판 위에 고기와 김치를 올리다보니 궁금증이 생겼다. 이미 세상을 떠난 프로이트의 눈에는 지구 반대편의 한 작은 나라에서 늦은 밤 삼겹살을 구우며 자신의 텍스트를 탐하고 있는 사람들이 어떻게 비쳐질까. 그의 무엇이 20세기 전 유럽을 흥분시켰던 것일까.

　　학부 때부터 프로이트에 심취했다는 한 회원이 고백했다. "쾌락은 죽음에 종사한다!" 또 다른 회원이 받았다. "증상은 기억의 상징이다!"

- 「삼겹살과 프로이트」에서

　　이 수필의 중요한 단서는 "그러고 보면 인간의 영혼은 유리알처럼 예민하여 눈길 한 번, 글 한 줄에도 떨림을 경험하고 마침내 부서지기도 하는가 보았다. 「아하」의 갈망이다."에 있을 것이다. 비로소 전자의 수필 「아하」의 탄생의 기쁨을 누리게 된다. 사유의 샘인 코기토와의 만남이다.

3. 오브제objet를 통한 인문학적 성찰

수필은 작가의 일상적 체험을 바탕으로 하여 언어미학적으로 창조한 미적 관조의 산물이다. 하이데거Martin Heidegger에 따르면, 예술의 본질은 모방이나 재현에 있는 게 아니라, 사건을 일으키는 데에 있다고 했다. 미셸푸코Michel Paul Foucault가 말했듯, "사유의 전 지평을 산산이 부숴버리는" 존재의 의미를 해석해냄으로써 비로소 우리는 삶의 진실에 눈뜨게 된다. 그러므로 수필문학이 지나치게 일상성에 몰두한다거나 키치적 사고에 매달린다면 문학성을 얻기 힘들 것은 자명한 일이겠다.

인문학적 성찰은 어떻게 이루어지는가? 이에 대한 명쾌한 답변을 이루기는 쉽지 않다. 파스칼Pascal이 "인간은 생각하는 동물이다."라 했듯, 데카르트Rene Descartes는 그의 저서 『방법서설』에서 "나는 생각한다. 고로 나는 존재한다."(cogito, ergo sum)고 하였다. 이런 존재론적 사고는 소통의 담론과 직결된다. 이런 의미에서 현상학자인 메를로 퐁티Maurice Merleau Ponty는 '몸엣 반성'이라는 말을 하였다. 그만큼 복합 다층적이라는 말이겠다. 이렇게 다층적일수록 다양한 의미와 효과를 일구어 낼 수 있고, 또 그런 만큼 인생을 더 풍부하게 향유할 수 있을 것이다.

박기옥의 수필 「오브제의 기억」은 무의식에서 과거와 현재 그리고 미래를 보는 화자의 독특한 시선이 행간에 깔려 있다. 이 수필의 오브제objet는 떡판이다. "떡판은 크고 잘 생겼다. 대갓집에서 특별히 잘 만들어서 몇 대를 거쳐 내려온 물건이다." 이 떡판의 유래는 이렇다. "오래 전의, 어느 댁 큰 애기의 것인지도 모를 떡 썬 자국들이 빗살처럼 정교하고 촘촘하게 나 있다. 수많은 이야기, 수많은 사연들을 비밀처럼 끌어안고 있는 보기 드문 물건이다. 이 집에 올 때 이미 200여 년의 세월을 넘겼다."고 한다.

착상의 동기가 되는 오브제의 기억을 끌어내기 위해 화자는 S가 보내준 『오브제의 기억』으로부터 서두를 끌어내고 있다. "현재로 부터 가장 빠른 시점을 기준하여 관련 오브제를 중심으로 거꾸로 역사를 추적해 가는 연구이다. 이를테면 루이 16세의 왕비였던 마리 앙뜨와네뜨가 쓰던 변기를 통하여 17세기 유럽의 상하수도 시설을 알아보는 한편 하이힐의 역사까지도 들추어내는 식이다."라는 단서에서 출발한 이 수필은 "문득 거실 한 쪽으로 눈이 간다. 30여 년 전의 젊은 내가 등을 보인 채 무언가에 열중하고 있다. 크고 기다란 나무토막이 그 앞에 놓여있다. 떡판이다."라는 단서의 포착을 통해 화제인 떡판이란 오브제에 대한 사유 즉 코기토의 상세화로 진행된다.

책 한 권을 다 읽고 나니 어느덧 새벽이다. 기지개를 켜며 일어나다 문득 거실 한쪽으로 눈이 간다. 30여 년 전의 젊은 내가 등을 보인 채 무언가에 열중하고 있다. 크고 기다란 나무토막이 그 앞에 놓여 있다. 떡판이다. 잠옷을 입은 내가 괴목으로 된 떡판에다 레몬오일을 칠하고 있는 중이다. 천천히, 조금씩, 공들여 그 일에 집중한다.

- 「오브제의 기억」에서

화자에게 보내준 S의 텍스트는 또 다른 오브제인 떡판에 대한 사유로 외연이 확대되면서 무의식 세계의 존재인식으로 굴절되고 있다. "어떤 것이 우리의 의식에서 사라졌을 때, 그것은 모퉁이를 돌아서 사라진 자동차가 흔적도 없이 자취를 감춘 것과 마찬가지로, 그 존재가 없어진 것은 아니다."라는 칼 구스타브 융의 언술(『인간과 무의식의 상징』, 29쪽)에 의지하면, "망각은 어떤 의식적인 관념이 지닌 특정한 에너지가 상실되는 정상과정이다."(전술한 책, 31쪽)라고 하였다.

이 수필의 미적감동은 무엇보다도 인문학적 성찰에 있을 것이다. 시각적 관습에 사로잡힌 이들의 눈으로는 세계의 모든 사물이 늘 동일하게 느껴진다. 구름에서 구름을 보고, 바위에서 바위를, 풍경에서 풍경을 본다. 이런 지각의 상투성에 사로잡히면 사물을 제대로 인식해내기 어렵다. 박기옥의 수필은 이 점에서 탁월하다. 밀도 있는 작품의 전개도 그렇거니와 주제구현을 위한 참신한 소재의 부림과 사유의 세계가 사뭇 낯설면서도 인문학적 성찰에 기여하고 있다. 그 구체화 과정은 이렇다.

떡판은 크고 잘 생겼다. 대갓집에서 특별히 잘 만들어서 몇 대를 거쳐 내려온 물건이다.→ 언제부터 와 있었는지 한 남자가 역시 잠옷 바람으로 나를 내려다보고 있다.→ S라면 여기서 떡판이라는 오브제가 당시의 한국 중산층에게는 실용을 넘어선 문화상품이었음을 주목할 것이다.→ 어느 날 우리는 우연한 기회에 명문 대갓집에서 사용하던 떡판 하나를 만나게 되었다.→ 우리는 그 잘 생긴 떡판을 석 달 동안 그늘에서 공들여 말렸다.→ 문을 없애는 작업을 하다가 부엌에 놓인 식탁마저도 아예 치워버리고 말았다.→ 이쯤에서 S라면 질문을 던질 수 있다. 그런데 왜 지금은 그 떡판이 거실 한 쪽, 시선이 닿지 않는 곳으로 밀쳐져 있나요?→ S가 다시 질문한다. 당신에게 떡판은 어떤 의미인가요.→ 대답하다말고 손을 들어 떡판을 한 번 쓸어본다. 지지직, 전율을 실은 통증이 심장을 훑고 지나간다.

이렇게 이 수필은 의식과 무의식의 세계를 넘나들면서 언어를 매개로 하여 화자의 정서와 사상을 문자화하고 있다. 자크 라캉 Jacques Lacan은 "문자는 구체적인 담론이 언어에서 차용하는 물질적 매체를 지시한다."고 하지 않았던가. "시공을 넘어 그가 문득 내 앞에 선다. 편안하고 낯익은 현장으로 나를 이끈다. 우리는 말없이 흙 묻은 나무토막을 함께 끌어안고 씻어내기 시작한다. 옷이 다 젖는 줄도 모른 채 밤늦도록 그것을 뒤집어 가며 닦아내고 있다."는 결미의 진술은 존재인식을 위한 의식과 무의식의 융합인 경계넘기요, 존재인식의 코기토일 것이다. 결미의 진술이 독자를 감동케 하는 걸작이다. 일상에 지친 독자에게 전하는 심령의 메시지이다.

이런 인문학적 성찰은 여기서 그치지 않는다. 박기옥의 수필은 언어적 미감이 반짝인다. 수필 「죽을 죄」역시 언어적 기의에 집중해야 한다. 여수로 단체 여행을 떠난 화제 속에는 모두가 죄인이다. 자신의 실수를 마치 '죽을 죄'로 단정하고 있다. 이런 비약이 상호간의 우의를 돈독하게 하며 교감하게 한다.

벚꽃이 만발한 쌍계사로 가는 도중 A가 포문을 열었다. 어젯밤 한잠도 못 잤다는 얘기였다. 화장실에 들어간 사람이 나오지를 않는데다가 이른 새벽 알람으로 노래 소리를 틀어놓은 바람에 밤을 꼬박 새웠다는 것이었다. 알람주인이 일어나 사과를 했다. "죽을 죄를 지었습니다."

그만 일로 죽을 죄라니! 폭소가 끝나기도 전에 B가 번쩍 손을 들었다. 남자회원이었다. 자기야말로 한잠도 못 잤다고 고백했다. 자기 방을 무단 침입한 여자회원들 때문에 잠을 놓치고 말았다는 것이었다. "우리가 어쨌기에? 이불 꺼내 온 것밖에 없는데?" 남자가 황급히 대답했다. "순결을 지키려다 보니~" "뭐라구욧!" 순결남이 일어나 손까지 모우며 사죄를 했다. "미안합니다. 죽을 죄를 지었습니다."

- 「죽을 죄」에서

위의 예시는 그저 박기옥 수필의 단면일 뿐이다. 하나같이 자신의 잘못으로 인정하는 존재사태의 인식이 일행의 마음결을 느끼게 한다. 수필은 이렇게 소소한 일상에 포커스를 맞춰 인간화에 기댈 때 독자를 매료시키게 마련이다. 아무리 번득이는 혜안과 지혜도 마음결을 능가할 수 없다. 수필의 매력은 바로 이런 데에 있지 싶다. 실존의 총화로서의 문자에 작가 박기옥의 관심이 머물기 때문일 것이다.

남편의 암 선고는 화자로 하여금 격정적인 '하필이면'에 사로잡히게 한다. 이후 화자는 "치욕에 떨며 밤을 새워 '하필이면'을 분석했다."고 한다. 수필 「하필이면」은 화자에게 닥친 격랑에 포커스를 맞추면서 사유의 코기토를 통해 존재인식에 다가간다. "동굴 속의 암호와 마주 대한 것 같았다. 그 어떤 논리에도 이치에도 합당하지 않은 날벼락이었다. 부당하고 억울하기 짝이 없었다. 나는 절망했다." 이렇게 존재사태에 절망하던 그를 구원한 것은 "행복과 불행에도 질량불변의 법칙 같은 것이 있는 게 아닐까 생각할 때가 있다."라는 사유의 귀결이었다. "이제 나는 멀찌감치서 '하필이면'을 바라본다. 우연이거나 필연이거나 인생은 랜덤이다."라는 결미의 진술이 언어적 성찰에 이르러 화자에겐 '해결의 장'으로 독자에겐 '문학적 감동'으로 다가온다.

4. 섬세의 정신과 기하학적 정신의 융합

"인생이란 원래 단순합니다. 마치 동화 속 이야기들처럼 말입니다. 그런데 우리는 스스로 인생을 복잡하고 알 수 없는 것이라고 규정해 놓고, 정작 진실을 보지 못합니다. 인생에서 가장 중요하고 의미 있는 진실은 아주 간단한 교훈 속에 담겨 있기 마련입니다. 진실에 가까이 갈수록 표현은 단순해집니다."

『에너지 버스』에서 존 고든은 이렇게 읊조리고 있었다. "삶에서 가장 중요한 교훈은 가장 단순한" 것이라고. 그의 행복한 인생을 위한 '에너지 버스'의 룰은 어쩌면 단순했다. 이런 의미에서 지금 우리가 겪는 코로나19도 멀지 않아 이겨날 것을 우리는 믿고 있다. 섬세의 정신과 기하학적 정신의 융합은 이런 사회적 현상에 대한 작가의 문학정신으로 극복될 것이다.

파스칼의 『팡세』의 첫 장에서는 인간의 정신을 섬세의 정신과 기하학의 정신으로 언급하고 있다. 여기서 섬세의 정신은 자신을 향한 구심력의 정신이고, 기하학의 정신은 세상을 향한 원심력의 정신이다. 때문에 외부세계를 파악하기 위해서는 육체의 눈이 필요하지만, 내부세계를 보기 위해서는 영혼의 눈이 필요하다. 박기옥의 수필에서의 또 다른 지평에는 이런 섬세의 정신과 기하학의 정신이 잠재해 있다. 수필 「죽순」이 그런 맥락에서 파악된다.

"울산 태화강 둔치를 거닐다가 입이 딱 벌어졌다."고 화두를 던진 이 수필은 '죽순'과의 만남을 소재로 하고 있다. 이어지는 화제는 신혼 무렵, 결혼 전에 남편과 혼담까지 있었던 여인이 집으로 찾아온 '사건'에 있었다. 전술한 바와 같이 '사건[E]'은 '태도[P]'와 함께 '결과[O]'를 가져온다. "그녀가 왜 그토록 헤어진 남자의 신혼생활을 눈으로 직접 보고싶어 했는지는 정신분석가 라캉이 설명한다. 라캉은 오래 전부터 '인간은 금지된 것을 욕망한다, 고 주장해 왔다."는 화자의 언술과 같이 '사건'은 '태도'

와 함께 '결과'를 가져옴을 정신분석학과 연계, 융합하여 새롭게 보고 있다. "그 날의 선물이 하필이면 죽순이었던 것도 우연이 아닐 터이다. 죽순은 대[竹]에서 나온 욕망의 결과물이다. 대[竹]에서 나왔으되 결코 대[竹]의 제재를 받지 않는 것이 죽순이다. 그것은 휘어지지도, 접혀지지도, 말아지지도 않는다."는 언술에는 섬세의 정신과 기학학적 정신이 담겨 있다.

이런 섬세의 정신은 수필 「애도哀悼」나 「유채꽃단상」에서도 그리고 기행수필인 「마이 웨이」나 「나는 어디에」에서도 구체화되고 있다. 이중 「나는 어디에」는 크루즈 여행 중, 배 안에서 배를 찾는 섬세의 정신, 무의식적인 의식의 세계에 대한 사유를 그리고 있다.

① 얼마나 잤을까, 누가 먼저인지 모르게 함께 눈을 떴다. 많이 잔 것 같은데 겨우 오전 두시 반이었다. 커튼을 여니 새로운 세상이 보였다. 바다가 벌겋게 해를 품고 있었다. 여명을 준비하고 있는 것이었다. 바다는 물이라기보다는 거대한 짐승 같았다. 수면 깊숙이에서 붉은 해가 용트림을 하듯 뒤척였다. 용트림은 서서히 산 쪽으로 물러갔다. 이제는 산이 해를 받아 안을 모양이었다. 마침내 수평선이 띠를 두르기 시작하자 우리는 참았던 숨을 한꺼번에 토해냈다.

② 나는 종종 나를 잃는다. 어렸을 때는 심약하여 나를 추스리지

못했고, 자라서는 무모하여 나를 망각했다. 어른이 되어서는 아예 길들여진 짐승처럼 나를 포기했다. 살림하며 늦은 나이까지 직장 생활을 하는 여자는 존재 자체가 유령에 가까웠다. 꼬깃꼬깃 나를 숨기느라 급급했고, 상황에 나를 끼워 맞추느라 전전긍긍했다. 어쩌다 내 눈 앞에 내가 어른거리기라도 하면 황급히 나를 치우기에 바빴다. 마침내 내 눈에도 내가 보이지 않고서야 비로소 나는 안심했다.

- 「나는 어디에」에서

①의 장면묘사나 ②의 자아성찰은 섬세와 기하학적 정신이 혼합된 세계의 진실을 보여준다. 전술한 바와 같이 섬세의 정신은 자신을 향한 구심력의 정신이고, 기하학의 정신은 세상을 향한 원심력의 정신이다. 때문에 외부세계를 파악하기 위해서는 육체의 눈이 필요하지만, 내부세계를 보기 위해서는 영혼의 눈이 필요하다. 존재 인식을 위한 사유의 코기토가 잘 발현된 작품이다. 이렇게 존재사태에 대하여 누구나 생각한다. 그러나 누구나 똑같이 생각하지는 않는다. 그 차이는 '잘' 생각하느냐 아니냐에 있다. 요리의 대가는 여러 가지 정신적 재료를 가지고 맛을 낸다. 창조적 사고의 진실은 비록 일상이지만 일상 이상의 의미를 담고 있다. 박기옥의 수필에서 보여주는 섬세의 정신과 기학학적 정신이야말로 그의 수필을 문학적이게 하는 매력일 것이다.

5. 에필로그 - 나가면서

　지금까지 박기옥의 새로운 저작인 테마 수필집 『아하』가 추구하는 작품세계를 살펴보고자 했다. 한 마디로 그의 수필집의 지평은 "경계넘기, 무의식적 존재에 관한 코기토cogito"라 하겠다. 이런 전제를 깔고 "코기토cogito, 수필에서의 사유, 오브제objet를 통한 인문학적 성찰, 섬세의 정신과 기하학적 정신의 융합"이란 맥락에서 그의 수필세계의 지향점을 탐색하고자 하였다.

　작가 박기옥이 새로운 테마 수필집 『아하』에서 추구하는 세계는 기존의 전통적 문법과 차별화한 새로운 수필의 경지를 보여준다. 창작의 근원은 단적으로 변화와 새로움의 시도라 하겠다. 인간과 무의식의 상징인 정신분석과 심리학을 수필에 접목하고자 한 작가정신의 시도라 하겠다. 독자에게는 다소 낯설 수도 있는 이런 작법이야말로 미래지향적일 것이다. 이런 새로운 시각으로의 세계의 통찰은 그의 수필로 하여금 키치kitsch를 뛰어넘어 경계를 넘게 할 것으로 평가된다.

　이제 수필도 이렇게 전통적 문법에서 시대 변화에 맞춰 새로워져야 할 것이다. 그러기위해선 새로운 수필창작에 관심을 기울여야 한다. 변화에 편승한 시대적 필요에 합당한 작품은 과연 어떤 작품이어야 하는가. 이에 대한 공부는 창작자인 수필작가

들의 손에 달려 있을 것이다. 작가의 고뇌와 창조정신이 담겨야 하겠다는 말이다.

수필은 인생의 해석과 생명의 이해를 위한 정서와 상상과 사상을 하나로 용해시키는 문학으로서의 '인간학'이라 할 수 있다. 그러므로 수필은 이미 있는, 있을 수 있는 인생을 밝혀내고, 여기에 새로운 의미를 부여하는 '문학하는 일'이 된다. 인간 존재의 의미를 밝혀내고자 하는 수필작업이야말로 진정한 문학이 될 수 있을 것이다. 그러기 위해서는 고뇌와 진통을 넘어선 삶의 의미에 대한 천착이 따라야 할 것이다.

수필창작은 박기옥의 수필에서 보듯 '일상의 변용'이어야 할 것이다. 새로움을 추구하고자 하는 작가 박기옥의 작가적 노고에 박수를 보내며 그의 또 다른 수필적 변모를 기대한다.